KB078347

그레이트 원

FUSION FANTASTIC STORY

천중화 장편 소설

Great one

그레이트 원 10

천중화 장편 소설

초판 1쇄 찍은 날 § 2015년 1월 20일
초판 1쇄 펴낸 날 § 2015년 1월 27일

지은이 § 천중화
펴낸이 § 서경석

편집부장 § 권태완
편집책임 § 박은정

펴낸곳 § 도서출판 청어람
등록번호 § 제387-1999-000006호
등록일자 § 1999. 5. 31
어람번호 § 제1-2033호

주소 § 경기도 부천시 원미구 부일로 483번길 40 서경B/D 3F (우) 420-822
전화 § 032-656-4452 팩스 § 032-656-4453
http://www.chungeoram.com
E-mail § chungeorambook@daum.net

ISBN 979-11-04-90074-7 04810
ISBN 979-11-5681-955-4 (세트)

그레이트 원

FUSION FANTASTIC STORY

천중화 장편 소설

10 [완결]

Great
one

청어람

CONTENTS

1장

미국 국가정보국

20만 명과 90조 원.

이 세상에서 가장 은밀한 조직으로 알려진 미 중앙정보국 CIA를 비롯한 미국 정보기관에서 일하는 요원의 숫자와 그들이 사용하는 일 년 치 예산이다.

우리나라 2010년도 국방 예산이 30조 원쯤 됐으니 그 규모가 어느 정도인지 대충 감이 잡힐 것이다.

일반 대중들은 미국 정보기관의 대명사인 CIA나 FBI 등은 영화나 소설 속에서 단골로 등장하기에 잘 알고 있다.

하지만 CIA나 FBI 외에도 미국에 정보기관이 무려 14곳이나 더 있다는 사실을 아는 사람은 그리 많지 않다.

놀랍게도 미국에는 막강한 권한을 쥐고 있는 정보기관이 16개나 된다.

그럼 이들의 파워는 어느 정도일까?

전직 미국 국가안보국 NSA 요원인 에드워드 스노드가 폭로한 '프리즘 프로젝트'가 그 가공할 힘을 단적으로 보여줬다.

미국 정보기관은 마이크로소프트, 야후, 구글, 페이스북, 유튜브, 스카이프, AOL, 애플과 같은 IT기업 서버에 '프리즘'이라는 프로그램을 심어서 사용자의 인터넷 통신 기록이나 이메일 기록, 통화 기록, 메시지 전송 기록 등을 실시간으로 수집해 분석한다.

즉 CIA와 NSA, FBI 등은 언제든지 이 '프리즘 프로그램'에 접속해 인터넷 서비스 사용자의 데이터를 살펴볼 수 있다는 것이다. 전 세계 인터넷 사용자의 대화를 실시간으로 감시할 수도 있고!

바로 세상의 모든 것을 감시하는 '빅 브라더'였다.

오늘 아침 이 빅 브라더의 책임자들이 하워드 미국 대통령과 함께 모였다.

백악관 지하에 있는 조용한 회의실에서.

당연히 미 국방정보국 DIA 화이트 국장도 참석했다.

좌 래더, 우 카드로 불리는 하워드 대통령의 법률고문인 래더 변호사와 카드 비서실장도 동석했고.

하워드 대통령은 항상 사람을 웃는 얼굴로 대해서 스마일 대통령이란 별명이 붙어 있었다.

하지만 지금은 그 별명이 무색할 만큼 얼굴에 허옇게 서리가 내려 있었다.

아주 심각한 일이 벌어졌기 때문이다.

"잠깐, 잠깐! 지금 무슨 말이오? 로렌스!"

하워드 대통령이 인상을 쓰며 서류철을 든 채 자리에서 일어나 열심히 보고하는 로렌스 FBI 국장의 말을 잘랐다.

"그러니까 채나 킴을 경호하기 위해 파견된 죠수아 CIA 요원이 되려 채나 킴을 저격하려 했고, 그 와중에 정체를 알 수 없는 킬러의 총에 맞아 사망했다는 뜻이오?"

"예! 그게 사건의 핵심입니다, 대통령님."

로렌스 국장이 공손하게 대답했다.

"좋소! 하면 죠수아 요원을 쏜 킬러는 잡았소?"

"추적 중에 있습니다. 로즈 볼 경기장에서 열린 채나 킴의 기자회견에 참석했던 오천여 명의 기자와 채나 킴 스탭, 우리 측 요원들, 로즈볼 경기장 관리 직원들까지 모조리 조사했습니다. 죠수아 요원이 사망한 직후 로즈 볼 경기장을 빠져나간 사람은 단 한 명밖에 없었습니다."

"어떤 놈이오?"

"러시아 일간지 프라우다의 사회부 기자 세르게이였습니다."

"당연히 프라우다에는 그런 기자가 없었을 테고?"

"그렇습니다. 대통령께서 말씀하신 대로 모스크바에 확인 결과 프라우다에 그런 기자는 없었습니다. 프라우다에서 두 명의 기자를 미국에 파견했는데 모두 중년 여성 기자였습니다. 제가 직접 인터뷰를 했습니다."

"……."

로렌스 국장이 계속해서 또박또박 보고를 했고 하워드 대통령이 커피 잔을 쥔 채 두 눈을 번뜩였다.

"우리 요원들이 황급히 세르게이를 쫓았습니다만 놈은 중국 북경에서 흔적을 지우고 사라졌습니다. LA 국제공항에서 차이나 항공편으로 중국의 북경까지 간 것은 쉽게 확인할 수 있었습니다."

"지금쯤 러시아 모스크바 최고급 술집에서 보드카를 마시거나 시베리아 땅 어딘가로 숨어들었겠군."

"그럴 확률이 높습니다."

하워드 대통령은 백악관 앞에 돗자리를 깔아도 될 정도였다.

실제, 블라드미르 코르시키는 북경에서 동양인으로 변장을 해 블라디보스톡으로 가서 시베리아 횡단 열차를 타고 모스크바에 도착해 단골 술집으로 향하고 있었다.

미국 달러화를 주머니가 터질 만큼 집어넣고.

"빌어먹을! 세상이 복잡해서 그런지 괴상한 일이 마구 터지는구만. 경호요원 중에 IS 첩자가 침투해 있질 않나, 채나 킴 신상이 걱정되어 CIA에 경호를 명령했더니 되려 채나 킴을 살해하려 하질 않나! 완전 나라꼴이 개판이야."

하워드 대통령이 의자에 등을 깊숙이 묻은 채 머리를 절레절레 흔들었고.

"뭐 뉴욕의 110층짜리 빌딩도 날려 버리고 펜타곤도 습격하는 판인데 그 정도야 귀염둥이지. 뻑유—"

와장창!

욕설을 내뱉으며 그대로 커피 잔을 던져 버렸다.

"대통령님!"

카드 실장이 흠칫하며 하워드 대통령을 진정시켰다.

…….

한참 동안, 아주 한참 동안 백악관 지하 회의실이 싸늘한 정적에 휩싸였다.

그럴 만도 했다.

미국은 재작년 가을 공전절후의 대참사를 겪었다.

911 테러!

테러리스트들이 항공기를 납치해 동시다발 자살 공격을 감행해 뉴욕의 110층짜리 세계무역센터 빌딩을 무너뜨리고 미국 국방부 펜타곤을 습격한 사건이었다.

이후 하워드 대통령은 테러와의 전쟁을 선포하고 이라크를 공격하면서 테러의 주범으로 오사마 빈 라덴과 알카에다 조직을 특정해 추적했지만 실패했다.

다시 이라크와의 전쟁을 목전에 둔 지금, 채나라는 뮤지션이 등장해 하워드 대통령을 조금이나마 위로해 줬기에 보답 차원에서 파격적인 호의를 베풀었다.

그 호의가 악의가 돼서 돌아왔다.

그것도 하워드 대통령이 그 어떤 조직보다 신뢰하는 CIA에 의해서!

"어쨌든 FBI에서 수고했소. 로렌스! 지구 끝까지 쫓아가 놈을 잡아오시오. 미국 한복판에서 미국 정부 요원을 살해하고 사라진 놈의 잘난 얼굴을 꼭 보고 싶소이다."

"최선을 다하겠습니다, 대통령님!"

하워드 대통령이 서릿발 같은 명령을 내렸고 로렌스 국장이 씩씩하게 대답했다.

터턱!

뒤이어 하워드 대통령이 손짓을 했고 카드 실장이 테이블 위에 신문들을 내려놨다.

"뉴욕타임지, 워싱턴 포스트, USA투데이, LA타임스 등 미국 전역에서 발행되는 오늘자 일간 신문들이오. 신문 일면 톱 기사들을 보시오!"

LA발 허리케인 갓 채나! SF를 초토화시키고 시카고에 상륙.

헤이, 갓 채나! 혹시 당신은 신인가요?

갓 채나! 911 참사로 슬픔에 잠겨 있는 시민들을 위로해 주다.

이런 제목들이 신문에 주먹만 한 활자로 박혀 있었다.

"유감스럽게도 모든 신문의 톱기사들은 끝없이 쌓여가는 우리 미국의 무역적자나 이라크와의 전쟁 얘기가 아니오. 갓 채나에 관한 뉴스요. 하나같이!"

곧바로 하워드 대통령이 휴대폰을 테이블 위에 내려놨다.

─토네이도 갓 채나가 LA와 SF를 휩쓸고 시카고로 왔습니다. 오늘 저녁 7시 일리노이 주립대학 미식축구 경기장에서 그 화려한 공연이 시작됩니다.

─과연 오늘은 또 어떤 화제를 낳을까요?

─제가 중년 남자라서 그런지 개인적으로 갓 채나의 이 노래를 좋아합니다.

─갓 채나가 불러줍니다. DREAM OF MAN(남자의 꿈)!

"어느 방송인지 나도 모르겠소. 그냥 손에 잡히는 대로 라디오 방송을 켰소."

삐익!

다시 하워드 대통령이 리모컨으로 회의실 벽에 걸린 초대형 TV를 켰다.

빰빰빰!

HEY DOCTOR! 혹시 거기 하얀 가운을 걸친 아저씨? 닥터 신가요?

HEY DOCTOR! 너는 나의 빛이다 나의 사랑아!

HEY DOCTOR! 너는 나의 행복이다 나의 사랑아!

채나 특유의 맑고 차가운 목소리가 실내에 울려 퍼졌다.

정규앨범 '드라곤'의 7번 트랙에 실린 '헤이 닥터(HEY DOCTOR)'였다.

타이틀곡인 '허리케인 블루'를 2위로 밀어내고 빌보드 차트 1위에 등극한 노래.

채나가 코믹한 오리 춤을 추면서 노래를 부르고 있었다.

"저 텔레비전 방송도 어느 곳인지 모르겠소. 신문, 라디오, TV… 미국의 모든 매스컴에서 정말 질릴 만큼 갓 채나에 대해 보도를 하고 있소. 모르긴 몰라도 미국 역사상 가장 주목받는 연예인일 것이오. 이것이 무슨 의미인지 아시겠소?"

하워드 대통령이 답답한 듯 자리에서 벌떡 일어났고.

"채나 킴의 일거수일투족이 대이라크 전쟁보다 더 중요하다는 뜻이오. 이때 채나 킴의 신변에 이상이라도 생긴다면 당신들이나 나나 모두 끝장이오."

단언을 했다.

"심려를 끼쳐드려 대단히 죄송합니다, 대통령님!"

그때, 제이콥 CIA 국장이 하얀 봉투 하나를 밀어 놓았다.

사직서였다.

"안 되오!"

하워드 대통령이 한 명의 희생으로 모든 것을 덮으려는 제이콥 국장을 쳐다보며 차디찬 음성을 내뱉었다.

"현장에 있었던 모든 CIA 요원, 그리고 그들과 관계된 모든 책임자의 사직서를 가져오시오."

"현장요원들까지 말입니까?"

"그렇소. 백 명이든 천 명이든 몽땅! 이번 기회에 CIA가 결코 철밥통이 아니고 치외법권 조직이 아니라는 것을 보여주겠소. 감히 대통령의 명령을 거역하면 어떻게 되는지, 실업자가 되면 얼마나 먹고살기 힘든지도 가르쳐 주겠소."

"……."

하워드 대통령의 눈에서는 살기가 쏟아졌고 입에서는 얼음 조각이 튀어나왔다.

"이번에 네이비 실 대원들을 이라크에 침투시켜 고위 지도자들을 제거한 작전은 아주 훌륭했소. 역시 화이트 국장다운 솜씨였소. 덕분에 이제 지상군을 파병시켜 간단히 쓸어버릴 수 있을 것 같소."

짝짝짝!

돌연 하워드 대통령이 화제를 바꿨고 화이트 국장을 칭송하며 박수를 쳤다.

CIA 국장, FBI 국장 등 회의실에 있던 모든 관계자가 대통령을 따라 박수를 쳤다.

어쩔 수 없이 화이트 국장이 자리에서 일어나 인사를 했다.

그 유명한 미 해군 특수부대 네이비 실.

지난번 호루무즈 해협으로 향했던 항공모함 조지워싱턴호에서 전격적으로 전개했던 작전이었다.

화이트 국장이 처음부터 끝까지 기획했다.

다시 하워드 대통령이 화제를 바꿨다.

오늘의 하이라이트였다.

"911 테러에서 증명됐듯, 그동안 여러분이 책임지고 있는 정보기관들이 각개전투를 벌여 왔기에 긴급한 상황에서는 아무런 힘을 쓰지 못했다는 결론이 났소. 하여 이번에 16개 정보기관을 한꺼번에 통솔할 수 있는 조직을 창설하기로 했소!"

쿵!

누군가의 심장이 떨어지는 소리가 들렸다.

현재 백악관 지하 회의실에 착석해 있는 수장들이 이끄는 정보기관, 대통령 직속 기구인 CIA를 제외한 15개 기관은 모두 법무부, 재무부 등 미 행정부 산하에 있었다.

당연히 예산도 소속 부서에서 타다 썼다.

하지만 정작 일을 할 때는 소속 부서의 터치를 받지 않는 무소불위의 단체였다.

그 초막강 정보기관들을 총괄하는 조직을 만들겠다니?

꽤나 충격적인 발상이었다.

위험한 결정이었고!

바로 이 말을 하기 위해서 하워드 대통령은 뜬금없이 화이트 국장에게 박수를 보냈던 것이다. 16개 정보기관장을 몽땅 백악관으로 집합시켰고!

"가칭 미국 국가정보국으로 내년 초에는 정식으로 발족될 것이오. 초대 국장으로 화이트 DIA 국장을 대장으로 진급시켜 임명할 예정이오."

"흡!"

옆에서 벼락이 쳐도 놀라지 않는 화이트 국장이 마른 비명을 터뜨렸다. 다른 정보기관 수장들은 너무 놀라서 비명조차 터뜨리지 못했다.

3성 장군으로 진급한 지 한 달도 채 되지 않은 화이트 국장이었다.

한데 대통령이 내년에 4성 장군으로 진급시켜 16개 정보기관을 총괄하는 초대 수장으로 임명하겠다고 공언했다.

졸지에 화이트 국장이 미국 조야의 막강한 실력자로 부상하는 순간이었다.

벌컥벌컥!

하워드 대통령이 할 말을 다했다는 듯 물을 병째로 마셨다.

"채나 킴은 지금 어디 있소?"

"예! 시카고에서 공연 중입니다."

느닷없이 하워드 대통령이 채나의 동향을 물었고 카드 실장이 지체없이 대답했다.

"방송사에서 중계를 해주오?"

"채나 킴은 다른 뮤지션들과는 달리 모든 공연을 세계 유수의 TV 방송사에서 생중계를 한답니다. 팬들의 촬영도 무제한 허용하구요."

"그만큼 공연에 자신 있다는 말이군."

"그런 뜻도 있겠지만 자신의 공연을 라이브로 관람하지 못하는 팬들을 배려하는 차원이랍니다."

"핫핫! 역시 갓 채나야. 불세출의 정치가로군. 대중들의 마음을 사로잡는 데 귀신이야."

하워드 대통령이 채나 얘기만 해도 기분이 좋은지 방금 전까지 살기가 감돌던 눈에 아빠 미소가 어렸다.

"틀어보시오. 잠시 열도 식힐 겸 갓 채나의 은혜를 받고 회의를 계속합시다."

팝 마니아인 대통령답게 정보기관 수장들과의 회의 중에 시카고에서 열리는 채나의 공연 실황 중계를 보고자 했다.

거리에 전등불이 하나둘 켜질 때 지친 몸을 일으키고…

카드 실장이 리모콘으로 TV를 켜자 기다렸다는 듯 채나의 노랫소리가 새어 나왔고.

세상에 새벽 길 그렇게 걷다가 사랑과 일을 만나…
길이 끝나는 곳에서 길은 다시 시작되고…
그대는 허리케인 블루

채나가 화려하게 세팅된 무대 위에서 특유의 육성으로 '드라곤'의 타이틀곡인 '허리케인 블루'를 부르는 모습이 크로즈업됐다.

"우후— 좋구만! 갓 채나의 목소리를 들으니 머릿속이 시원해져!"

"정말 신비롭군요. 목소리를 듣자마자 기분이 좋아지기 시작하네요."

하워드 대통령과 카드 실장 등이 기가 막힌 듯 쓴웃음을 머금었다.

채나의 목소리는 정녕 신령스러웠다.

방금 전까지 먹구름이 잔뜩 끼어 있던 정보기관 수장들의 얼굴마저 활짝 개고 있었다.

길이 없는 곳에서 길은 또 만들어지고 … 그대는 허리케인 블루

천둥과 번개도 그대의 힘은 당할 수 없어… 그대는 허리케인 블루

채나가 막 허리케인 블루의 일절을 끝마칠 때였다.

"끄악!"

갑자기 화이트 국장이 비명을 지르며 두 손으로 머리를 움켜쥐었다.

지독한 통증이 머리를 강타했다.

채나의 목소리가 전동드릴이 되어 머릿속을 마구 후벼 팠다.

화이트 국장이 입과 코에서 시뻘건 피를 토하며 바닥을 굴렀다.

"……!"

하워드 대통령을 비롯한 모든 사람의 눈이 커졌다.

"왜, 왜 그러시오! 화이트 국장?"

하워드 대통령이 재빨리 화이트 국장을 부축했고.

"어서, 어서 구급대를 부르게, 카드!"

황급히 명령을 내렸다.

"예옛, 대통령님!"

카드 실장이 재빨리 휴대폰을 두드렸고,

즉시 구급대원들이 뛰어 들어왔다.

땡똥땡…….

화이트 국장의 운은 여기서 끝났다.

평생 동안 꿈꿔왔던 4성 장군을 코앞에 두고.

하워드 대통령이 힐링을 하기 위해 틀어 놓았던 TV에서 채나가 목소리만으로 묻어버렸다. 영원히 빠져나올 수 없는 수렁 속에.

대통령을 위시한 최고위 정보 관리자들이 모여 있는 회의실에서 괴질이 나타났다.

아무리 유능한 사람도 몸이 아프면 업무를 수행하지 못한다.

괴질을 갖고 있는 사람이 어떻게 일국의 정보기관 수장을 맡겠는가!

명실 공히 세계 제일의 강대국인 미국의 만인지상 일인지하인 정보 차르(정보 황제)라는 별명으로 불리는 미 국가정보국장 자리가 간단하게 사라졌다.

세상사가 다 그렇듯 떨어지는 사람이 있으면 오르는 사람도 있다.

추락하는 사람이 있으면 비상하는 사람이 있게 마련이고.

외계인 채나는 우주 저편까지 날아오르고 있었다.

2장

일등공신

〈경 민광주 후보 제19대 대한민국 대통령 당선 축〉

이렇게 쓰여 있는 거대한 현수막과 함께 곳곳에 태극기가 걸려 있는 인천국제공항.

공항에서 대통령이 참석하는 행사라도 열리는지 수많은 군중이 몰려들어 그야말로 사람이 산과 바다를 만들고 있었다.

송곳이 아니라 바늘 하나 서 있을 자리가 없었다.

인천공항 개항 이래 사람이 가장 많이 몰렸다는 지난가을 채나가 미국으로 떠날 때 환송 나왔던 인파는, 오늘 몰려든 인파에 비하면 그저 명절 때 재래시장 수준 정도였다.

분명히 대통령이 참석하는 행사가 열리는 것은 아니었다.

〈황 그동안 미국에서 고생 많이 하셨습니다. 어서 오십시오, 교주님! 영〉

〈갓 채나 이유가 뭡니까? 왜 한국에서는 공연을 안 하시는 거죠? 왜왜왜?〉

〈콘서트가 아니면 죽음을 주소서 교주님!〉

〈부디 우매한 한국의 채나 교도들을 어여삐 여기사 용안을 뵐 영광을 내리소서!〉

〈더 이상 기다릴 수 없나이다. 우리에겐 그저 교주님의 콘서트가 필요하나이다.〉

몰려드는 인파들이 약속이나 한 듯 이렇게 채나를 환영하는 문구와 한국에서의 공연을 독촉하는 어휘들이 적힌 피켓과 현수막 깃발 등을 들고 있었기 때문이다.

아무튼 불안했다.

오전 아홉 시가 막 지난 현재 사람들이 계속해서 몰려들어 인천국제공항 대합실의 1번 게이트부터 VIP게이트까지 꽉꽉 메우고 있었다.

아차하면 게이트가 터지고 활주로까지 인파들이 밀려 나갈 것 같았다.

"어텐션 플리즈(Attention, please)! 안내 말씀드리겠습니다. 지금 실내가 매우 혼잡하오니……."

공항대합실에서 다급한 안내 방송이 흘러나올 때.

자주색 베레모를 쓰고 검은색 전투복을 걸친 소대 병력의 경찰 특공대원들이 VIP게이트의 인파들을 헤치고 이열종대로 도열했다.

정장 차림의 삼십여 명의 남녀가 점잖게 특공대원들의 대열 안에 자리를 잡았고.

한순간 게이트가 열렸다.

채나를 환영하는 피켓과 플랜카드를 든 군중들의 눈이 일제히 열려진 게이트를 향했다.

저벅저벅!

말끔한 양복을 걸친 피대치 회장과 부인으로 추측되는 사십 대 중년 여자가 이십여 명의 수행원을 거느리고 묵직하게 걸어 나왔다.

"퉤! 저건 또 웬 개재수야?"

"씨발─ 기다리는 쩨나는 안 보이고 따들만 졸라 나오네."

쫄쫄이 교복을 입은 남학생들이 침을 튀기며 얼굴을 돌렸다.

팍팍!

십여 명의 사진 기자가 피 회장 부부를 촬영했다.

피 회장 부부가 미소를 머금은 채 포즈를 취하다가 마중 나온 이십여 명의 남녀와 악수를 나눴다.

뒤이어 경찰 특공대의 삼엄한 경호를 받으며 수행원들과 함께 대합실을 걸어 나갔다.

"꺄아아악! 저기야."

"5번 게이트야! 채나 언니다, 채나 언니가 나왔어!"

"채나 누나! 사랑해요!'"

우루루루루루!

순식간에 수백여 명의 사람이 파도처럼 5번 게이트 쪽으로 몰려갔다.

"아씨, 짱나! 아니잖아?"

"졸라 이상하게 생긴 원숭이야, 개새끼! 왜 채나 언니처럼 야구 점퍼를 걸친 거야?"

"아후후… 언니 오늘 안 오나 보다."

"아냐, 아냐! 아빠가 그랬어. 오늘 청남대에서 민 대통령이 주최하는 회합이있대. 채나 언니가 참석하지 않으면 안 된대. 분명히 오늘 아침에 귀국한댔어!'"

여학생들이 참새 떼처럼 지저귀었다.

대합실을 나서던 피 회장이 슬쩍 뒤를 돌아봤고.

"그렇게 보안을 강조했는데 역시 새어 나갔어. 범인은 쟤 아빠고!'"

"그나마 우리들이 이 정도 발연기를 하니까 김 위원장님 팬들이 속은 거예요. 하마터면 꼼짝없이 공항에 잡혀 계실 뻔했어요."

피 회장 부인이 웃으면서 대꾸했다. 아니, 피 회장 부인이
아니었다.

중년 여성은 민주평화당 공보실장 겸 민광주 대선캠프 성
현지 홍보팀장이었다.

지금 막 미국에서 귀국한 채나를 숨기기 위해 마치 피 회장
부부가 외국에서 들어오는 것처럼 연극을 한 것이다.

가짜 부부가 수행원들과 같이 검은색 커튼이 가려져 있고
대한민국 정부의 무궁화 엠블럼이 찍혀 있는 대형 리무진 버
스 앞으로 다가갔다.

"오 총경님! 수고하셨습니다."

"수고랄 게 뭐 있나요? 국장님과 함께 걸어온 것뿐인데
요."

"하하! 아주 리얼한 연기였습니다."

"헛헛! 국장님도 고생하셨습니다."

피 회장이 환하게 웃으며 양쪽 어깨에 무궁화 여덟 개를 단
경찰특공대 대장과 악수를 나눴다.

"충성!"

경찰특공대원들이 일제히 거수경례를 했고 피 회장도 거
수경례로 답례했다.

애애애앵!

잠시 후, 대한민국 정부 전용 초대형 리무진 버스가 경찰차

의 경호를 받으며 미끄러지듯 인천국제공항 톨게이트를 빠져
나갔다.

"아호— 짱 나!"

채나가 트레이드마크인 야구점퍼와 가죽 쫄 바지를 걸치
고 입이 잔뜩 튀어나온 채 큼직한 여행용 가방에서 튀어나왔
다.

방그래가 미소를 지으며 수건으로 찬찬히 얼굴을 닦아줬
다.

"하하하! 답답하셨죠?"

"호호! 김 위원장님이 정말 날씬하시다. 보통 사람들 같으
면 절대 이 작은 가방 속에 숨어들어 올 수가 없어요."

피 회장과 성 팀장이 채나를 위로했다.

"야, 피 국장, 돌격 앞으로!"

채나가 실처럼 가늘어진 눈을 치켜뜨며 손가락을 까딱거
렸고.

피 회장이 재빨리 채나 앞으로 다가갔다.

퍽!

"어이구!"

채나가 정강이 내지르기 신공을 발휘했고 피 회장이 비명
참기 신공을 발휘했다.

"어찌 된 거야? 난 분명히 너한테만 이 시간에 인천공항에
도착한다고 얘기를 했어. 그리고 페이지 회장님 자가용 비행

기를 타고 왔다구. 근데 서울 시민부터 인천 시민까지 깡그리 나왔잖아? 아예 피켓과 플랜카드까지 들고!"

채나가 단단히 화가 나 있었다.

"저, 저도 분명히 대통령님께만 보고드렸습니다."

피 회장이 애써 변명을 했다.

"비서실에서 샜군. 임 실장, 이 인간이 흘렸어."

"임 실장은 아닐 겁니다. 아까 잠깐 만났는데 김 위원장님 귀국 시간을 묻더군요."

"그럼 이 미달이 양똥이 나발댔고!"

"틀림없습니다. 공항 곳곳에 특수부대 요원들까지 깔린 걸 보며 양 변호사가 범인입니다."

"푸우— 미친다. 이 웬수는 그렇게 잔소리해도 안 돼. 나 모실 생각 말고 그저 민 대통령님만 열심히 모시라고 수천 번은 얘기했을 거야."

"양 변호사님은 김 위원장님이 자신이 모시는 유일신이라고 하더군요. 신은 대통령보다 높지 않겠습니까?"

"놀고 있네! 양똥이 모시는 신은 마마 언니라는 거 미국 사람들도 다 알아."

"아하하하!

"그나저나 뭔가 확실한 방법을 강구해야지 안 되겠어."

탈싹!

채나가 입술을 삐쭉이며 원형 테이블이 놓여 있는 버스의 맨 뒷좌석에 걸터앉았다.

"내가 무슨 마약이나 밀수품도 아니고 툭하면 사과 궤짝이나 가방 속에 숨어서 다녀야 하니… 이러려고 그토록 열심히 노래 부르고 연예인이 된 건 아니거든!'

짤경짤경!

채나가 열이 받는지 주머니에서 육포를 꺼내 신경질적으로 씹었다.

방그래가 채나를 진정시키려는 듯 눈처럼 하얀 고양이 스노우를 품에 안겨줬다.

스노우가 귀엽게 채나의 얼굴을 핥았고.

채나가 씹던 육포를 스노우에게 건네줬다.

"비행기나 자동차는 틀렸고, 크루즈 선이나 잠수함을 이용해 볼까?'

확실히 채나는 스노우가 약이었다.

조금씩 말투가 부드러워졌다.

"잠수함이나 여객선은 위원장님이 가장 싫어하시는 특징을 갖고 있습니다. 일단 비행기보다 훨씬 느립니다. LA에서 부산까지 오시려면 일주일? 보름은 족히 걸리겠군요.'

"쳇, 그러네! 차라리 태평양을 헤엄쳐 건너는 게 빠르겠다.'

채나가 다시 툴툴거렸다.

"으씨— 사형, 아니, 대통령님은 왜 자꾸 부르는 거야? 이

젠 선거도 끝났는데 왜 자꾸 오라 가라 난리냐구. 약 먹고 죽을 시간도 없는 사람을 말야!"

"선생님께서 대통령에 당선되신 후 민광주 대선 캠프의 핵심 인사들이 처음으로 회합을 갖는 날입니다. 김 위원장님께서 불참하시면 여기저기서 말이 나오니까 선생님도 어쩔 수 없이 부르셨을 겁니다."

피 회장이 찬찬히 상황을 설명하면서 채나를 달랬다.

바로 그랬다.

열흘 전 중앙선거관리위원회가 최종 집계를 끝내고 발표한 이번 대통령 선거의 결과,

총유권자 수 3,565만 3,801명 중 2,672만 5,532명이 투표를 했고, 그중 1,685만 7,410표를 획득한 민광주 후보가 대한민국 제19대 대통령으로 당선됐다.

해서 인천공항 곳곳에 태극기와 함께 축하 현수막이 걸려 있었다.

이미 채나나 피 회장 같은 측근들은 민광주 대통령 당선자를 자연스럽게 대통령이라고 불렀다.

오늘 민광주 대통령, 정확히 민광주 대통령 당선자가 자신을 대통령에 당선시킨 일등공신들을 대통령 별장인 청남대로 초대했기에 채나는 비밀리에서 보스턴에서 서울로 날아왔다.

중간에 채나의 귀국 사실이 새어 나가 채나교도들이 벌 떼

처럼 인천공항에 몰려들었고.

덕분에 채나가 가장 싫어하는 행동, 숨어서 들어오기를 해서 뿔이 났다.

만약 채나가 그 옛날처럼 당당히 공항 게이트를 통과해 들어왔다면 채나는 지금쯤 한 줌 먼지가 되어 인천 앞바다에 흩어졌을 것이다.

"알았어! 청남대 모임에 참석만 하면 되는 거지?"

"물론입니다."

"빵 부장! 필신이한테 전화해 줘."

"예! 회장님."

"하하! 연필신 씨가 진행하는 프로에 나가시게요?"

"응! 웬수가 두 달 전부터 울어댔어. 200회 특집이니 어쩌니 하면서 엄청 피곤하게 만들더라고. 한국에 왔는데 귀찮아도 노래 몇 곡 불러주고 가야지 뭐. 마마 언니랑 서울대 가서 강연도 해주고!"

"결국 서울대학교에서 강연을 하시는군요."

"주책바가지 마마 언니가 어떻게 수다를 떨었는지 서울대 총장님이 미국까지 전화를 하셨더라구. 신입생 오리엔테이션에 와서 강연을 해주면 내가 교수직에 응모했다가 취소한 죄를 용서해 주겠대나? 나 참, 기가 막혀서!"

"하하하, 어쨌든 멋있습니다. 김채나 교수님!"

"교수님?"

돌연 채나의 눈이 밤하늘의 별처럼 반짝였다.

알다시피 채나는 어깨에 별 달기를 아주 좋아한다.

가수들 친목 회장까지 명함에 새겨놓을 정도였다.

교수님이라는 말이 귀에 착 달라붙었다.

"아후, 답답해, 염털! 거기 커튼 좀 열어."

"옛! 회장님."

저편에 앉아 있던 사신 염성룡이 차창을 가린 검은 커튼으로 열었다.

"짜증나는 팔자야. 무슨 죄수도 아닌데 이 따뜻한 봄날에 커튼까지 치고 다녀야 돼?"

부우우웅!

채나를 태운 리무진 버스가 서해안 고속도로로 방향을 틀었고.

저편 길가에 서 있는 양평 해장국집이 보였다.

꼴깍!

채나가 군침을 삼켰다.

채나가 한국에 있을 때 수없이 드나들었던 식당이었다.

"피 국장! 저기 해장국집 앞에서 차 세워. 미국에서 수십 시간을 날아왔더니 배고파서 안 되겠어. 청남대가 아니라 청와대를 들어가도 밥은 먹고 가야겠다."

"그렇게 하시죠. 아직 이른 시간이라서 사람들도 별로 보이지 않는군요."

피 회장이 얼른 응했다.

피 회장은 굶주린 맹수가 얼마나 무서운지 안다.

채나는 배가 고프면 맹수로 변한다.

"모두 내려! 해장국 한 그릇씩 먹고 가자구."

"예, 회장님!"

방그래와 모 중사 등 채나의 경호팀원들이 재빨리 버스에서 내렸다.

"아무리 생각해도 이해가 안 가."

"무슨 말씀이신지?"

채나가 버스에서 내려 걸어가며 지나가는 말처럼 뱉었고.

피 회장이 나직이 물었다.

"분명히 내 계산에는 민 대통령님이 70% 이상 표를 얻을 줄 알았거든. 65%? 도무지 이해가 안 돼."

"그 득표율도 대한민국 대선 사상 최고치랍니다."

"그래? 어쨌든 다음에는 다를 거야. 무조건 80% 이상의 득표율을 올리겠어. 이번엔 입당한 지 얼마 안 돼서 참았는데 내가 직접 선대위본부장을 맡겠어."

"하하 그렇게 하시죠! 이번에도 김 위원장님께서 직접 선대위본부장을 맡으셨다면 훨씬 많은 표가 쏟아졌을 겁니다."

"바보야! 나만 잘해서는 안 돼. 피 국장 니가 더 잘해야 돼."

채나가 피 회장의 옆구리를 살짝 찌르며 말했고.

"……!"

피 회장이 흠칫했다.

뒤쫓아 오던 성 팀장을 비롯한 민주 평화당 관계자들은 더욱 놀랐다.

채나가 노골적으로 다음 대 대통령 후보로 피 회장을 낙점했다는 뜻을 흘렸기 때문이다.

"분명히 오늘 모임에서 내각 조직 문제가 거론될 거야. 그럼 피 국장은 무조건 정무장관을 맡는다고 해. 정무장관을 맡아서 당과 정부 사이의 가교 역할을 해. 대통령님과 참모들 사이도 불편함이 없도록 잘 조정하고 말야."

"……!"

"내 말 알아듣겠어? 민 대통령님 임기 동안 조직을 확실하게 다지면서 스펙을 열심히 쌓으라고."

"예예!"

"좋아! 다음 대 대한민국 대통령은 너야."

"예에……?!"

—다음 대 대통령은 너다.

피 회장이 당황했다.

채나가 다음 대 대한민국 대통령을 마치 친구들끼리 교대로 맡는 친목 회장쯤 되는 것처럼 말했기 때문이다.

정녕 무서웠다.

채나는 역대 선문의 대종사 중 처음으로 현실 정치에 뛰어

들어 대한민국 대통령을 배출했다. 그 대통령의 취임식이 시작도 하기 전에 다음 대 대통령을 당선시킬 계획을 짜고 있었다.

"왜? 자신 없어?"

"아시잖습니까? 제가 가진 건 깡하고 자신감밖에 없습니다."

"OK! 이번 대선을 치루면서 배웠어. 대선에서 무조건 이기는 방법 말야."

"......!"

"두고 봐. 네가 대통령 후보로 나설 때는 이번처럼 번거롭지 않을 거야. 아주 쉽게 이길 수 있어."

채나가 주먹을 움켜주며 단언했다.

'엄청난 자신감이다. 아예 다음 대 대한민국 대통령은 피 국장이라고 단언을 하네.'

'뭐 김 위원장 능력이면 미국 대통령도 당선시킬 수 있을 거야.'

'아무튼 피 국장님 뒤에 열심히 줄을 서야 돼. 한눈팔지 말고!'

성 팀장 등도 피 국장 뒤로 열심히 줄을 서기로 단단히 결심했다.

"그리고 아직 특수전 사령부 쪽하고 연락되지?"

"물론입니다."

"그럼 내 경호 팀장 맡을 사람 한 명 추천해 봐."

"김 위원장님… 경호 팀장 말씀입니까?"

피 회장이 채나의 뜻밖의 제안에 삼사 미터 뒤에 따라오는 모 중사를 힐끗 쳐다봤다.

현재 채나의 경호팀장이 모 중사라는 것을 아는 사람은 다 안다.

"모 영감이 이번에 청와대 경호실 차장으로 가거든!"

"처, 청와대 경호실 차장이요? 대통령님과 상의가 끝나셨습니까?"

"응! 난 모 영감을 경호 실장으로 보내고 싶었는데 빵살이 낀 게 악수야! 어쩔 수 없이 경호실 차장으로 합의 봤어."

"아, 예……."

갑자기 피 회장과 성 팀장 등의 등골에서 원인 모를 식은땀이 흘러내렸다.

채나의 말투에서 이미 민 대통령과 깊숙한 얘기가 오간 것을 느꼈기 때문이다.

사실이었다.

3장

논공행상

아주 오래전의 일이다.

곰과 호랑이가 동굴에서 같이 살았던 시절이었다.

그때 우리나라에서는 대통령을 칭할 때 존칭이랍시고 꼭 각하(閣下)라고 불렀던 적이 있었다.

그것도 아주 오랫동안!

중국 고전에 보면 황제를 칭할 때는 폐하(陛下), 황제가 임명한 왕을 칭할 때는 전하(殿下), 장군에게는 휘하(麾下) 약간 높은 벼슬아치들에게는 각하(閣下), 부모에게는 슬하(膝下), 가까운 친지에게는 족하(足下)라는 존칭을 쓴다고 했다.

한 국가의 원수인 대통령에게 황제가 임명한 지방 장관쯤 되는 벼슬아치에게나 쓰는 각하라는 호칭을 써 왔던 것이다.

대체 그 똑똑한 학자들이나 관리들은 모두 어디서 뭘 했기에 이런 일이 일어났을까?

또 대통령이 주재하는 회의를 어전회의(御前會議)라고 표현하면서 아부까지 떨었다니 왠지 좀 그렇다.

뭐, 대통령이란 말도 근대의 번역 과정에서 일본에서 만들어낸 한자어라니 약간 떫은 면이 있다. 공화국의 원수를 뜻하는 말이니 이해는 되지만!

대통령이란 말이 약간 거시기 하면 요즘처럼 우리 대통령님 하고 부르면 그런대로 부드럽지 않은가.

어떤 정치 평론가는 이렇게 뻐꾸기를 날렸다.

대통령은 당선된 후 딱 일주일까지만 행복하고 그 뒤부터는 고행이라고…….

그 행복한 일주일이 끝나는 날!

역대 대통령 선거의 모든 기록을 갈아치우며 당당하게 대한민국 대통령에 당선된 민광주 대통령 당선자가 대통령 별장인 청남대의 서재에 앉아 서너 명의 보좌관과 함께 신중하게 서류를 검토하고 있었다.

아직 임기가 시작된 정식 대통령은 아니었지만 현 대통령의 부탁을 받고 민광주 의원이 대통령에 취임하는 즉시 재가해야 될 사안들을 검토하고 있었던 것이다.

사실 지금 당장 민광주 의원을 대통령이라고 불러도 그리

틀린 말은 아니었다.

중앙 선거관리위원회로부터 대한민국 대통령에 당선됐다는 당선증을 받았으니까.

이미 여러 측근과 참모들은 대통령이라고 부르고 있었고.

땡땡땡!

벽에 걸린 봉황문양이 새겨진 괘종시계가 열한 번의 종을 쳤다.

"날 닮았나? 아까 열 시에는 울리지 않은 것 같은데… 아주 민주적인 시계로군!"

민광주 의원이 재미있다는 듯 시계를 쳐다보며 미소를 지었다.

"아닙니다. 대통령님께서 집무를 시작하실 때부터 오전 아홉 시, 열 시에도 모두 종이 울렸습니다."

"껄껄— 그랬나? 내가 또 병이 도졌었군."

참모가 정정을 해주자 민광주 의원이 코웃음을 치며 안경을 벗었다.

민광주 의원은 이런 사람이었다.

일단 어떤 일에 집중하기 시작하면 옆에서 총을 쏴도 모른다.

바로 그 집중력이 오늘의 민광주 의원을 대통령으로 만들었다.

"수고들 했네. 오늘은 그만하도록 하지. 나가들 보게!"

"예! 내일 뵙겠습니다."

보좌관들이 공손하게 인사를 하고 서재를 빠져나갔다.

민광주 의원이 가볍게 기지개를 켜고 의자에서 일어나 창가로 다가가 커튼을 열었다.

유리창으로 민광주 의원의 기분만큼이나 화창한 햇빛이 쏟아져 들어왔다.

"봄볕이 이렇게 화사했나? 역시 사람은 간사한 동물이구만. 대통령에 당선되고 나니까 햇빛조차 달라 보여."

민광주 의원이 쓴웃음을 머금으며 고개를 흔들었다.

"흐음… 1,600만 표라?! 정말 많이도 얻었어. 대한민국 유권자의 50% 이상이 지지를 보내줬으니 그저 고마울 따름이야."

민광주 의원은 얼마 전에 끝난 대선에서 얻은 자신의 득표수가 아직도 믿어지지 않았다.

확실히 이길 줄은 알았지만 2위를 한 후보자와 1,000만 표가까이 차이가 날 줄은 상상조차 못했다.

유세가 시작되자마자 구름처럼 몰려드는 유권자들을 보고 느낌이 좋긴 했지만…….

민광주 의원은 대선에서 승리한 여운을 즐기며 품속에서 두툼한 수첩을 꺼냈다.

대통령 선거가 시작될 때 새로 바꾼 수첩이었다.

원래 민광주 의원은 수첩이나 노트에 기록하는 것보다 자신의 머리에 메모하는 것을 좋아했다.

십 년 전에 여의도 전경련회관 앞에서 누구와 만나 어떤 얘기를 했는지조차 정확히 기억할 만큼 영민한 두뇌의 소유자였다.

나이 탓인지 요즘엔 건망증이 심해져 가급적이면 수첩에 적어 놓으려고 노력 중이었다.

하지만 웬만큼 중요한 사항이 아니면 수첩을 꺼내지 않았다.

여전히 자신의 머리를 믿기도 했지만, 자신이 기억하지 않아도 누군가 친절하게 기록해 주기 때문이었다.

각 언론매체에서는 민광주 의원의 말 한 마디 한 마디를 토씨 하나 틀리지 않고 아침저녁으로 보도해 줬고!

하지만 지금 수첩을 꺼내 확인하는 사항은 그 누구에게도 기록하거나 외워달라고 부탁할 일이 아니었다.

오직 민광주 의원, 대통령 당선자만이 알고 평가할 수 있는 사안이었다.

권상익 — 충남, 79세, 8선 의원, 당 상임고문, 대통령 선거대책본부장, 공주사법 *

박희창 — 경북, 54세, 4선 의원, 당 사무총장, 동국대 *

김종국 — 충북, 53세, 3선 의원, 당 원대총무, 연세대 *

피대치 — 전북, 46세, 당 청년국장 겸, 대통령후보 경호실장, 한양

대 **

임춘환— 경기, 46세, 당 조직국장 겸, 대통령후보 비서실장, 서울
상고 **

양동길— 서울, 39세, 국제변호사, 당 법사위원장, 서울 법대, 미국
예일대 로스쿨 *

장한국— 충남, 29세, 하버드대 교수, 당 의약위원장, 미국 하버드
의대 **

고봉자— 전남, 49세, 서울대 컴퓨터공학과 교수, 당 IT위원장, 서
울공대 미국 MIT *

여명숙— 경북, 44세, 한국체대 교수, 당 여성국장, 한국체대 *

이영애— 부산, 42세, 부산대 교수, 당 운영위원장, 서울대 미국
UCLA *

박지은— 서울, 30세, 연예인, 서울대 교수, 당 문화위원장, 서울대
미국 프린스턴 **

김채나— 경남, 24세, 운동선수, 연예인, 당 재경위원장, 미국
UCLA *****

남자 일곱에 여자 다섯, 모두 열두 명!

이름과 출신지, 나이, 직업, 출신학교가 간단하게 기록된
신상명세서였다.

재미있게도 신상명세서의 말미에는 민광주 의원만이 알
수 있는 비표가 쓰여 있었다.

민광주 의원이 대통령으로 당선된 날 밤, 좀처럼 흥분이 가라앉지 않아 잠을 이루지 못하다가 호텔 방에서 서울의 야경을 바라보며 작성했던 메모였다.

여러 번 썼다 지웠다 하면서 다음 날 동이 훤히 틀 때서야 겨우 끝낸 쪽지.

일등공신!

자신을 대통령이 되도록 도와준 수많은 참모 중에서 추리고 추린 공신들이었다.

비표는 그 공신들의 점수를 성적을 합계한 채점표였고.

"흐음—"

민광주 의원이 메모를 보며 길게 한숨을 내 쉬었다.

이제 대통령에 당선된 이상 이들 열두 명에게는 어떤 식으로든 보답해야 한다.

직책이든 돈이든 꼭 뭔가를 선물해야 된다.

논공행상(論功行賞)과 신상필벌(信賞必罰)!

민광주 의원이 지금껏 정치가의 길을 걸어오면서 꼭 지키려고 노력했고 지켜왔던 철학 중 하나였다.

민광주 의원이 수첩에 적힌 메모를 다시 한 번 살펴봤다.

역시 다시 살펴봐도 자신의 사매인 채나에게 압도적인 점수를 줄 수밖에 없었다.

어떤 사람도 채나만큼 공헌을 한 사람이 없었다.

이번 대통령 선거에 있어서 채나는 민광주 의원에게 천군

만마보다 더한 말 그대로 절대적인 힘이었다.

채나가 정식으로 민주평화당에 입당을 해서 재경위원회 부위원장을 맡으면서 민광주 의원 캠프에 합류하자 야당으로써 숙명적인 약점인 정치 자금과 인적 자원의 약세를 단숨에 뒤집었다.

채나의 팬클럽인 미국 유학파들로 이루어진 채나 교도들이 물밀듯이 쏟아져 들어왔다.

채나가 사격선수로 활동하면서 사귀었던 수많은 해외 명사가 민광주 의원의 지지를 천명했으며, 이름만 대도 아는 연예인들이 민광주 캠프의 자원봉사자로 나섰다.

심지어 미국 하워드 대통령까지 지지 발언을 해줬다.

그 덕에 민광주 의원에게 회의적이었던 보수 언론 매체들조차 아주 우호적으로 돌아섰다.

더욱이 채나는 미국에서 세 번씩이나 건너와 서울과 부산 등지의 유세장에서 화려한 퍼포먼스와 함께 공연을 해줬고 찬조 연설까지 했다.

인터뷰 때마다 수줍어하며 버벅대던 채나는 오간 데 없었다.

채나의 연설을 들을 때 민광주 의원조차 이번 대선에서 민광주 후보를 찍지 않으면 꼭 역사의 죄인이 될 듯한 감동과 감화를 받았다.

민광주 의원은 해운대 백사장을 진동하며 부산 앞바다 저편까지 해일처럼 번지던 채나의 목소리가 아직도 귀에 쟁쟁하게 남아 있었다.

거침없이 인간의 뇌리에 파고들어 모든 사고를 장악하며 감히 반항조차 할 수 없었던 그 목소리.

채나의 음성은 하늘 저편에서 들려오는 절대자의 명령이었다.

기실 민광주 의원이 채나에게 더욱 애틋한 마음이 드는 것은 누구보다 채나를 잘 알기 때문이었다.

채나는 민광주 의원의 대선 캠프에서 활동하던 참모들과는 전혀 다르게 정치적인 야망이나 이권 때문이 아니라 자신의 사형이라는 이유, 그 이유 하나만으로 그렇게 열심히 선거운동을 해줬던 것이다.

민광주 의원에게 대통령이 돼야 한다는 정당성을 역설하고, 동기부여를 해주면서 막대한 선거자금을 밀어주고, 꿈을 현실로 만들어준 밀레니엄 시대의 최신 버전!

선문의 98대 대종사, 갓 채나였다.

민광주 의원!

이 대한민국 대통령 당선자가 오늘 자신을 도와 대통령에 당선시킨 채나를 비롯한 열두 명의 일등공신을 청남대로 초청했다.

민광주 의원과 함께 아주 맛있고 커다란 빵을 만든 사람들이었다.

이 빵의 주인은 분명 민광주 의원이었지만 혼자 만들지 않고 여럿이 같이 만든 빵이었기에 필히 나눠 먹어야만 했다.

이 빵을 어떻게 나눠야 모든 사람이 만족할까?

"그래, 한 번은 꼭 거쳐야 할 과정이다. 아예 툭 까놓고 가자!"

민광주 의원이 주먹을 꽉 움켜주며 걸음을 옮겼다.

민광주 의원은 감지하고 있었다.

빵을 나누는 것이 결코 쉽지 않으리라는 것을!

지금 나눠야 하는 빵은 수입산 밀가루나 옥수수로 만든 것이 아니라 황금으로 빚은 권력이었다.

똑똑—

노크 소리와 함께 민광주 의원의 비서실장 겸 민주평화당 조직국장인 임춘환 국장이 들어왔다.

"시간 됐습니다, 대통령님!"

"그래! 모두 오셨나?"

"예! 장 박사님을 제외하고 모두 도착하셨습니다."

임 국장이 마치 민광주 의원이 오래전부터 대통령직을 수행하고 있었다는 듯 아주 부드럽게 대통령이라고 불렀다.

"닥터 장한테 아침에 전화 받았네. 내 취임식이 끝나고 미국을 방문할 때 만나기로 약속했어."

"아, 예! 잘 알겠습니다."

"임 국장도 이쪽 일은 정 보좌관에게 맡기고 모임에 합류하게."

"예! 대통령님."

임 국장이 다시 한 번 정중하게 폴더 인사를 했고.

이윽고, 민 대통령과 함께 경호원들의 호위를 받으며 복도를 걸어갔다.

"김 위원장이 용하게 시간을 맞췄군."

"페이지 회장의 자가용 비행기 편으로 왔다니까 그렇게 힘들지는 않았을 겁니다."

"교통편이 문제가 아니라 마음이 문제지. 이런 모임이나 회의를 아주 질색하잖아."

"그래서 그런지 도착하자마자 권 고문님과 함께 호수로 낚시를 하러 갔습니다."

"껄껄껄! 대통령 별장에서 낚시를 해? 낚싯대가 있었나?"

"권 고문께서 낚시 마니아이시라 승용차 트렁크에 릴 낚싯대까지 싣고 계시더군요."

"그 양반도 참! 하긴 옛날에 권 고문을 만나려면 저수지로 가는 게 빨랐으니까!"

"권 고문께서도 오늘 모임의 성격을 짐작하시고 일부러 피하는 눈치셨습니다. 그래서 김 위원장과 뜻이 맞은 것 같구요."

"안 돼! 김 위원장이 빠지면 일이 복잡해져. 최소한 민광주호가 출범하는 날까지는 관계를 해야 돼. 당장 가서 두 분을 모셔오게!"

"예! 대통령님."

"아아, 됐어, 내가 가지! 도대체 대통령 별장에 사는 물고기는 어떻게 생겼는지 궁금하군그래."

"……."

잠시 후, 민광주 의원이 임 국장과 함께 청남대 본관 계단을 내려왔고.

"여러 번 말씀드렸습니다만… 시간이 촉박합니다, 대통령님! 하루 빨리 인수위원장과 인수위분과 위원장들을 선임해주셔야 대통령직 인수위를 가동할 수 있습니다."

"알았어. 김 위원장이 왔으니까 뭔 말이 있겠지!"

임 국장이 심각하게 얘기를 했고 민광주 의원이 간단하게 받았다.

"……!"

꽝!

임 국장은 갑자기 누군가 묵직한 해머로 자신의 뒤통수를 때리는 느낌을 받았다.

그리고 전신에 소름이 파르르 돋았다.

대통령직 인수위원회!

대통령당선자가 원활한 차기 대통령직을 행사하기 위하여

위원회를 결성해서 정부 각 부처의 모든 업무를 인수인계 받도록 법률로 정해진 기관이었다.

당연히 한시적으로 운영된다.

인수위원장은 국무총리급의 중량급 인사가, 분과위원회 위원장들은 장관급 인사들이 맡는 것이 보통 관례였다.

또 별다른 이견이 없는 한 인수위원장은 차기 정부의 국무총리를 맡았고, 분과위원장들은 장관직을 맡았다.

해서 매스컴이나 국민들은 대통령직 인수위원회가 출범하면 인수위원장과 분과위원장 등을 보고 차기 정부의 실력자들을 대충 가늠했다.

한데 지금 민광주 대통령 당선자는 채나가 인수위원장이 될 것이라는 뉘앙스를 풍겼으니… 고작 이십 대 중반의 아가씨에게!

물론, 나이가 직위를 만드는 것은 아니었지만 장유유서의 의례가 골수에 박힌 우리 사회의 정서에 비춰 봤을 때 말도 안 되는 얘기였다.

"대통령님—"

임 국장이 굳은 얼굴로 입을 열었다.

"잠깐 걷자, 춘환아. 너한테 부탁할 게 좀 있다!"

민광주 의원이 미소를 지으며 임 국장의 이름의 어깨를 감쌌다.

"흑."

임 국장은 방금 민광주 의원이 채나를 인수위원장에 임명하겠다는 얘기를 들었을 때보다 두 배 더 놀랐다.

민광주 의원이 자신의 이름을 부른 것은 지난 이십여 년 동안 서너 번 있을까 말까 했다. 그것도 고주망태가 된 술 자리에서였다.

"그동안 나 쫓아다니느라고 정말 고생 많았다. 날마다 돈이나 빌리러 다니고 우리 집에 달려가 연탄불까지 갈고 참……."

"모두 제가 좋아서 한 일입니다. 예나 지금이나 저는 대통령님을 존경하니까요."

툭툭!

민광주 의원이 임 국장의 어깨를 두드리며 빙그레 웃었다.

"그래, 고맙다, 춘환아! 이제 나와 같이 청와대로 들어가자."

"옛, 대통령님! 앞으로 더욱더 성심성의껏 모시겠습니다."

"대통령 비서실장 자리면 괜찮겠지?"

"허이구— 제가 어떻게 그렇게 막중한 자리를… 차고도 넘칩니다."

"껄껄! 네가 만족하는 것 같으니 내 마음이 좋다. 일단 비서실장 일을 하면서 짬짬이 지역구를 관리하면서 앞으로 국회의원에도 출마해 봐."

"뭐라고 감사를 드려야 할지 모르겠습니다."

임 국장이 감격에 겨운 듯 목소리가 은은히 떨렸다.

"아니, 아니! 내게 인사를 할 필요는 없다. 그동안 네가 세운 공에 대한 대가니까."

"과분하신 말씀입니다.

"오랜만에 형으로서 네게 용돈을 주는 것 같아서 기분 좋구나. 껄껄껄!"

민광주 의원이 호탕하게 웃으며 만족감을 표했다.

"그런데 춘환아! 너는 이번 대선에서 나를 대통령에 당선시킨 일등공신을 딱 한 명만 뽑으라면 누굴 뽑겠니?"

"그거야 뭐 두말할 필요 없이 김 위원장 아니겠습니까?"

"그렇지! 나도 그렇게 생각한다. 아니, 국민 대다수가 그렇게 생각할 거야."

"……?"

"그럼 당연히 그에 대한 포상을 해야 하는 거다. 나이나 성별에 관계없이 말이야."

"……!"

"물론 김 위원장은 내가 오른 이 자리, 대한민국 대통령을 시켜준다고 해도 받을 사람이 아니야. 그러니까 더욱더 인수위원장이든 국무총리든 맡겨야 하는 거야. 이것이 정치의 도리요 권력의 생리다. 내 말 이해하겠지?"

"예! 대통령님."

"끝으로 부탁 하나 하자."

"제, 제게 무슨 부탁을? 그냥 명령을 하시지요!"

"오냐! 그럼 대통령 당선자로서 명령을 하마. 앞으로는 사람들 앞에서 김 위원장을 비하하는 발언은 삼가라. 나이가 어리니, 운동선수니, 연예인이 어쩌니 하는 말 따위 말이야."

"저, 저, 저어 대통령님!"

임 국장이 뭔가 이상한 낌새를 눈치채고 황급히 변명하려 했지만 민광주 의원이 말을 막았다.

민광주 의원도 확실한 감을 잡고 있었던 것이다.

"선거가 끝나던 날, 나는 오늘 초대할 손님의 명단을 작성하기 위해 그동안 우리 캠프에서 고생한 동지들의 면면을 살펴봤다. 물경 천여 명이나 되는 동지가 나를 대통령에 당선시키기 위해 그야말로 열과 성을 다했더구나."

"……."

"한데 그 천여 명이나 되는 동지의 면면을 살펴보다가 정말 깜짝 놀랐다. 그중 약 칠백여 명이 김 위원장과의 인연 때문에 우리 캠프에 합류한 사람이었다. 또 그중에 오백여 명이 선거 캠프의 요직을 맡아 진두지휘하고 있었고!"

"저도 짐작은 하고 있었습니다만… 그 정도일 줄은 몰랐습니다."

"그 확실한 증거로 오늘 초대한 손님 열두 명 가운데 여덟 명은 김 위원장 라인이다."

"흑!"

"나는 이제 헌법에 정해진 대통령 임기 오 년 동안 싫으나 좋으나 김 위원장 라인에 있는 친구들과 함께 대한민국을 통치할 수밖에 없다. 이것이 의미하는 것은 나는 더 이상 너를 보호하거나 보살펴 줄 수가 없다는 뜻이다."

민광주 의원이 임 국장에게 마지막 정치적 발언을 했다.

"……!"

"이번에는 내가 어떤 일이 있어도 너를 데리고 청와대로 들어갈 것이다."

"고맙습니다, 대통령님!"

"여기까지다. 다시 한 번 네가 김 위원장에게 각을 세운다는 소리가 들리면 그땐 나도 어쩔 수 없다. 명심해라! 정치는 나이나 성별로 하는 게 아니다."

민광주 의원이 매몰차게 몸을 돌렸다.

…….

"푸우우우우—"

임 국장이 길게 한숨을 내 쉬었다.

"뭐 세계적인 슈퍼스타 아닙니까? 총알은 넉넉하시려나 모르겠네요. 하하!"

임 국장이 기자들에게 했던 말의 전부다.

채나가 재경위원회 부원장으로 임명됐을 때 인물평을 묻는 기자들에게 아무 생각 없이 농담으로 던진 말이었다:

음모!

'벌써 어떤 놈인가 나를 죽이려고 내 목에 탄탄한 밧줄을 걸었어. 김 위원장과 언제 얘기라도 한 번 해봤어야 김 원위장이 어떤 사람인 줄 알고 씹든가 각을 세우든가 할 것 아냐? 빌어먹을!'

그랬다.

임 국장은 선거기간 내내 대통령 후보인 민광주 의원을 쫓아다니며 수발들기에 바빴지 다른 참모들과 만나서 선거의 향방이나 진로조차 상의해 본 적이 없었다.

하루 이십 시간 이상을 수행비서관으로 쫓아다녔는데 언제 참모들을 따로 만난단 말인가?

게다가 채나는 더했다.

다른 참모들은 가끔 얼굴이라도 볼 수 있었지만 채나는 얼굴조차 보기 힘들었다.

선거기간 내내 채나가 한국에 머문 것은 채 나흘이 되지 않았다.

선거캠프에서 딱 한 번!

미국 텍사스에서 한 번!

이때도 모두 눈인사만 했을 뿐이었다.

눈인사를 한 것이 각을 세운 것이라면 할 말이 없었다.

정치 교과서에 나오는 맞춤형 음해였다.

대통령 당선자가 저런 말을 한다는 건 무시할 수 없는 요로를 통해서 임 국장이 채나를 씹고 각을 세운다고, 누군가 그럴듯하게 포장을 해서 전했을 것이다.

임 국장을 대통령 비서실장으로 임명하는 것을 탐탁지 않게 생각하는 세력들이 채나라는 초막강 실력자를 이용해 임국장을 제거하려는 수작이었다.

새로운 정치세력이 출범할 때면 으레 볼 수 있는 파워 게임.

그 이상도 이하도 아니었다.

*　　　*　　　*

"우헤헤헤헤헤헤!"

채나가 죽겠다는 듯 깔깔댔다.

"지금 그물 던진 거 맞아? 투망질에 자신 있다고 큰소리치더니 어떻게 그물이 할아버지 발아래로 떨어지는 거야."

"녀석아! 테스또는 안 하냐, 안 해? 그물에 이상이 있는지 없는지 확인해야 할 거 아냐?"

반쯤 빠진 흰 머리를 포마드를 발라 가르마를 타고, 와이셔츠에 넥타이를 맨 노신사.

대한민국 국회의원 중 최다선인 권상익 의원이 호숫가에 낚싯대를 팽개친 채 일본식 발음으로 테스트를 외치며 큼직한 손 그물을 황급히 거둬들였다.

강이나 개천 등지에서 물고기를 잡을 때 쓰는 손 그물, 일명 투망.

종류에 따라 약간의 차이가 있긴 하지만 이 투망질이 보기보다 훨씬 어렵다.

그물코에 물에 잘 가라앉도록 무거운 납덩이가 붙어 있어서 그 무게도 만만치 않았다.

너비 또한 제법 커서 대충 던져서는 좀처럼 활짝 펼쳐지지 않는다.

권 의원이 청남대 호수에서 낚시를 하겠다고 나서자 채나가 어디서 구했는지 큼직한 투망을 들고 졸랑졸랑 쫓아왔다.

낚싯대를 펼치던 권 의원이 오지랖 넓게 채나에게 투망질을 가르쳐 주겠다면서 그물을 던지다가 망신을 당하는 중이었다.

사실 올해 팔순인 권 의원이 육십 년 전인가 오십 년 전인가 어디서 닭 우는 소리가 들리던 시절에나 몇 번 던져봤던 솜씨로는 채나가 청남대 창고들을 샅샅이 뒤져 찾아낸 투망을 던지기에는 무리가 있었다.

익히 알다시피 채나는 노인대학 총장 출신이어서 민주평화당의 최고 원로인 권 의원과도 아주 가까웠다.

"헤헤헤! 그러니까 이번은 리허설이다? 뭐 좋아! 이번에도 못하면 내가 던질게. 권 할아버지는 그냥 하던 낚시나 하라구. 배고파 죽겠어. 빨리 고기 잡아서 매운탕 끓여야 돼."

"알았어, 녀석아! 여긴 아무도 고기를 잡지 않았을 테니까 보나마나 물 반, 고기 반일 거다. 왕창 잡아주마."

휙!

권 의원이 다시 신중하게 투망을 힘껏 던졌다.

"어구구구―"

권 의원이 던져진 투망을 제어하지 못해 그물이 머리 뒤로 넘어가고 그 탄력으로 몸을 비틀거리며 호수 쪽으로 딸려가다가 그대로 쓰러졌다.

"우헤헤헤헤― 완전 액션영화 따로 없어. 죽여준다, 죽여줘!"

"괘, 괜찮으십니까? 권 의원님!"

채나가 때굴때굴 구르고 지켜보던 피대치 회장이 황급히 다가가 권 의원을 부축했다.

"괜찮네, 괜찮아. 으으으……."

권 의원이 피 회장의 부축을 받으며 신음을 토했다.

"권 할아버지 때문에 진짜 미치겠다. 지금 나 웃기려고 일부러 그런 거지? 그지? 어떻게 던진 그물은 뒤로 넘어가고 그물 대신에 사람이 호수로 날아가? 정말 굉장한 재주야! 우헤헤헤헤헤."

채나가 눈물 콧물을 흘리면서 박장대소를 터뜨렸다.

"꺼허허험! 내가 늙긴 늙었구먼. 소싯적에는 그래도 제법 했는데. 고맙네, 피 국장!"

"일단 안정을 좀 취하시지요, 권 의원님!"

피 회장이 얼굴이 벌게진 권 의원의 손을 잡고 호숫가에 놓여 있는 낚시용 의자에 앉혔다.

"잘 봐! 권 할아버지. 이 투망질이 말처럼 쉬운 게 아냐. 연습이 좀 필요해."

채나가 체격에 맞지 않게 아주 능숙한 솜씨로 저편에 떨어진 투망을 거뒀다.

채나는 어릴 때 짱 할아버지에게 투망질을 배웠지만 본격적으로 익힌 것은 한국에 들어와 파주의 '채나원'에 살면서부터였다.

채나원은 엎드리면 바로 강이다.

배우기 싫어도 투망질을 배울 수밖에 없다.

"이번에는 내가 한번 던져 보마, 김 위원장!"

대통령 당선자 민광주 의원이 임 국장과 함께 경호원들의 경호를 받으며 채나 등이 있는 호숫가로 다가왔다.

"헤에— 사형, 아니, 대통령님께서도 해보시겠다구?"

채나가 귀찮은 듯 어깨를 으쓱하면서 말꼬리를 늘어뜨렸다.

"그래! 김 위원장도 알다시피 난 촌놈이다. 어릴 때 바다와 저수지를 싸돌아다니며 투망질 꽤 했어."

민광주 의원이 와이셔츠 소매를 걷으며 채나 쪽으로 다가왔다.

"투망질이 생각보다 어렵다니까! 그 옛날, 왕년, 소싯적, 한때, 뭐 이런 솜씨 가지고는 힘들다구. 뭐해, 권 할아버지? 대통령님 좀 말려?"

"케험, 민 대통령! 김 위원장 말이 맞수. 나도 왕년에 좀 했었는데 전혀 힘이 먹히질 않아. 괜히 귀하신 몸 다쳐. 관두슈."

"권 고문님은 벌써 잊으셨습니까? 작년 여름에 당직자들 워크샵 갔을 때 제가 투망질해서 잡은 물고기로 매운탕 끓여 먹은 거 말입니다?"

"오오, 그랬었나?"

"잘 봐라, 김 위원장! 모든 운동이 그렇듯 이 투망질도 힘이 들어가면 안 되는 거야. 아주 부드럽게 최대한 힘을 빼고 던져야 돼."

"일단 이론은 어부가 맞네!"

"놈! 내가 지금부터 그물을 던져서 이 청남대 호수에 있는 물고기를 모조리 잡아주마."

민광주 의원, 민광주 대통령 당선자가 장담처럼 그물을 아주 부드럽고 유연하게 정말 어부처럼 던졌다.

민광주 의원 생각에 그렇다는 말이다.

현실은 그물이 옆으로 날아가고 발이 미끄러지면서 구두 한 짝이 날아가 호수에 풍덩 빠졌다.

"우헤헤헤헤헤—"

"어허허허!"

채나는 아예 배꼽을 쥐고 호수 주위를 굴렀고 권 의원과 피 회장, 임 국장 등은 웃음을 참느라고 얼굴이 벌겋게 변했다.

경호원들은 민망한 듯 먼 산을 쳐다봤고!

"피, 피 회장! 빨리 기자들 불러. 대한민국 대통령 당선자 민광주 의원님이 이렇게 개그를 잘해. 국민들에게 이 멋진 대통령님의 연기력을 자랑해야지? 그리고 연필신이한테 전화해. 이게 바로 리얼 개그야. 세상에 투망질 하다가 구두를 호수로 날리신 분은 우리 대통령님이 세계 최초일 거야. 아후, 배 아파—"

채나가 도저히 웃음을 참기 힘든지 가슴을 부여잡고 땀을 뻘뻘 흘렸다.

"피 국장! 나, 나 대통령님 때문에 횡격막 결려서 죽을 것 같아. 빨랑 등 좀 두드려!"

"하하하… 네!"

피 회장이 채나의 어깨를 잡고 등을 두드렸다.

저렇듯 김 위원장이 늘 찾는 사람은 피 국장 한 사람뿐이다.

나 같은 사람은 이 자리에 있는지조차 모른다.

그런 내가 무슨 각을 세워? 염병!

임 국장이 잇새로 쓴웃음을 흘렸다.

"거참 이상하네! 작년만 해도 잘 던졌는데 이 그물이 좀 다른 건가?"

"아니죠! 대통령님 구두가 이상한 거예요. 느닷없이 왜 호수로 날아가는 거야. 지가 새라도 되는 줄 아나 에헤헤헤헤!"

민광주 의원이 경호원이 갖다 준 새 구두를 신으면서 변명을 하자 채나가 이죽거렸다.

"다시 한 번 해보면 안 될까? 김 위원장!"

"야야, 피 국장! 안 되겠어. 저 투망 거둬서 창고에 갖다 둬. 다음에는 대통령님의 몸 전체가 호수로 뛰어들 거다."

"알겠습니다. 하하"

"가시죠, 대통령님! 투망질 더 하셨다가는 뭔 일이 벌어질지 아무도 모르겠습니다."

채나가 활짝 웃으며 민광주 의원의 팔짱을 꼈다.

"쩝쩝… 이거 대통령 체면이 말이 아니네!"

민광주 의원이 못내 아쉬운 듯 그물을 들고 걸어가는 피 회장을 바라보며 투덜거렸다.

"됐어, 됐어! 구두는 내가 얼마든지 사줄게. 대통령 노릇만 잘해!"

"너, 이 자식?!"

"우헤헤헤— 미안! 미안!"

채나가 민광주 의원에게 매달리며 깔깔댔다.

대한민국에서 민 대통령님의 팔짱을 서슴없이 끼고 반말로 농담을 할 수 있는 사람은 단 한 사람밖에 없다.

영부인께서도 저렇게 하시지 못한다.

그만큼 대통령님은 김 위원장을 절대적으로 신뢰한다.

임 국장은 새삼 채나가 무서워졌다.

*   *   *

인테리어가 아주 잘된 응접실이었다.

은은한 소나무향이 풍기는 큼직한 타원형 탁자가 놓여 있었고, 그 탁자를 중심으로 짙은 갈색의 가죽 소파들이 놓여 있었다.

…….

민광주 의원이 대통령에 당선된 지 꼭 열흘 만에 부랴부랴 초대한 손님들.

민광주 의원을 대한민국 대통령으로 당선시키는 데 결정적인 역할을 한 일등공신들.

그 공신들과 대통령 당선자 민광주 의원까지 꼭 열세 사람이 모여 앉아 차를 마셨다.

이제 이 사람들이 향후 오 년 동안 대한민국의 운명을 좌지우지할 것이다.

어쩌면 한반도의 운명을 결정지을지도 모르고, 나아가 동북아시아의 운명조차 바꿀지도 모른다.

대한민국의 새로운 시대, 권력의 최정상.

그 막강한 실력자들의 회합이었다.

"여러분 덕택에 대통령이 될 수 있었소. 정말 고맙소이다."

민광주 의원이 찻잔을 놓으며 자리에서 일어나 깊숙이 허리를 접으며 인사를 했다.

짝짝짝! 삐익!

"축하드립니다, 대통령님!"

"그동안 고생 많이 하셨습니다, 대통령님!"

남녀가 일제히 자리에서 일어나 박수를 치고 휘파람까지 불며 환호성을 질렀다.

"껄껄껄— 앉읍시다. 앉으시오!"

민광주 의원이 자리에 앉으며 손짓을 했고.

"제가 이렇게 여러분을 초대한 것은 다름이 아니오. 저를 대통령을 만들어주신 여러분과 같이 밥도 먹으면서 선물도 좀 드리고 고견도 듣고 싶어서 말입니다."

예의 수첩을 탁자 위에 꺼내 놓으며 말을 이어갔다.

"아마 여러분과 내가 이렇게 한자리에 모이는 것도 앞으로는 쉽지 않을 것이오."

민광주 의원이 묵직하게 동지들과의 앞날을 예고했고.

"나는 다음 달에 청와대로 들어갈 것이고 여러분 중에 몇몇 분은 나와 함께 가시겠지만, 어떤 분은 정부부처에서 일하실 테고, 어떤 분은 당에 남으실 테고, 또 어떤 분은 학교나 자신의 일터에 계실 것이오."

"다음에 나를 만나러 오려면 북망산으로 오슈. 내일 죽을지 모레 죽을지 모르니까!"

"하하하하!"

권 의원이 분위기를 바꾸려는 듯 너스레를 떨었다.

"권 고문님도… 감 떨어지는데 순서 없다고 했습니다. 땡감이고, 홍시고 떨어지는 것은 모두 제 팔자랍니다."

"대통령께서 그렇게 위로해 주시니 난 그만 집에 가도 되겠수. 충분한 선물을 받았수."

권 의원은 미소를 지었고.

"여러분과 저는 그동안 피와 땀이 서려 있는 고지를 함께 넘어온 동지들입니다."

민 광주 의원이 속내를 밝혔다.

"어떤 말씀이든 좋소이다. 아주 솔직하고 진솔하게 해주시기 바라오. 대통령 당선자로서 약속드리겠소. 여러분의 말씀을 최대한 국정에 반영할 것이며 개인적인 부탁은 제 힘이 닿는 한 모두 들어 드리겠소이다."

"저, 대통령님. 인수위 문제부터 먼저 결정하셔야……."

임 국장이 조용히 다가와 귓속말을 했다.

"오! 잊을 뻔했군. 먼저 대통령직 인수위원회 문제부터 끝냅시다. 정부가 전부 열여덟 개 부처이니 여러분께서 서너 개씩 묶어서 인수인계를 받으시면 그리 어렵지 않으리라 생각

되오. 또 정부 쪽에서도 사람이 나갈 거고 당에서도 인력을 지원할 것이오."

민광주 의원이 고개를 주억거리며 즉시 본론으로 들어갔다.

"어떻게 김 위원장은 인수위원장직에 대해 생각을 좀 해봤나?"

"대통령님께서 몇 번 말씀하셔서 나름 심각하게 생각해 봤습니다."

민광주 의원이 채나를 쳐다보며 운을 띠었고, 채나가 배가 몹시 고픈 듯 육포를 씹으며 대답했다.

"인수위원장 자리는 제가 맡을 자리가 아니에요."

채나가 간단하게 결론을 내렸다.

그때, 짧은 생머리에 금테안경을 쓰고 군청색 정장을 걸친 고봉자 교수가 채나 앞에 조심스럽게 노트북 컴퓨터를 펼쳐 놓으며 말했다.

"꼭 그렇진 않죠! 어떤 직급이 있는 것도 아니고 일종의 명예직이니까 김 위원장이 맡는 것도 괜찮습니다."

"맞습니다. 생각하기 나름입니다. 새로 출범할 〈우리 정부〉의 참신성에도 부합되고 말입니다."

고봉자 교수와 양동길 변호사가 기다렸다는 듯 반박했다.

"일국의 대통령직 인수위원장을 이제 이십 대 중반인 제가 맡는다는 것은 많은 무리가 있어요. 적어도 뽕자 언니처럼 오

십 정도는 된 분들이 맡으셔야…….'

"저, 저기, 채나, 아니, 김 위원장, 잠깐만! 나, 나 오십 아냐? 아직 사십 대라구! 어휴! 오십 소리를 들으니까 소름이 쫙 끼친다."

"껄껄껄! 호호호!"

채나의 오십 소리에 고봉자 교수가 소스라치게 놀라자 폭소가 터졌다.

"쳇! 마흔아홉하고 오십하고 뭐가 달라?"

"얘는? 많이 다르지. 사십 대는 아줌마고 오십 대는 할머니야. 넌 내가 벌써 할머니 소리를 들으면 좋겠니? 아직 시집도 안 갔는데!"

"큭큭큭! 아하하하!"

또다시 회의장에 웃음의 물결이 번지면서 무거웠던 분위기가 부드럽게 변했다.

"어쨌든 제가 맡는 것은 말이 안 됩니다. 그런 뜻에서 한 분을 천거할 게요."

"그래? 어떤 사람인지 프로필을 좀 가르쳐 줘봐."

민광주 의원이 임 국장을 쳐다봤다.

확실히 기록하라는 뜻이었다.

"성함은 이영래! 서울 법대를 졸업하셨고 행정고시를 패스하셨어요. 올해 57세로서 현재 KBC 사장님이세요.

"아아! 한국방송사의 이 사장? 나와도 친분이 좀 있지. 김 위원장이 이 사장을 어떻게 아나?"

"아빠 친구분이에요. 제가 큰아빠라고 부르는데 아주 훌륭한 분입니다."

"저도 몇 번 뵈었는데 방송계 쪽에서 평판이 좋은 분이에요. 스텐다드 리라고 불릴 만큼 불의와 타협을 하지 않는 청백리시구요."

채나가 이영래 KBC 사장을 인수위원장으로 추천했고 박지은이 지원사격을 했다.

박지은은 채나가 민주평화당에 입당할 때 같이 입당한 동지였다.

실은 채나보다 박지은이 훨씬 정치가에 가까운 사람이었다.

연예인 신분이었기에 그동안 정치적인 발언을 삼가고 있었을 뿐이다.

또 박지은은 채나와 함께라면 지옥이라도 같이 갈 사람이었고.

"좋아! 김 위원장과 박 교수 의견이 그렇다면 한국방송사의 이사장을 인수위원장으로 결정하자고. 김 위원장은 이 사장을 직접 만나서 의사 타진을 해보고 나한테 연락을 줘. 그 뒤 내가 부탁하는 형식을 취하면 예의에 어긋나지 않을 거야."

이렇게 해서 아주 쉽게 KBC 이영래 사장이 민광주 호의 대통령직 인수위원장으로 결정됐고 〈우리 정부〉의 초대 국무총리로 낙점되었다.

말 몇 마디로 일국의 재상을 결정하는 파워.

이것이 바로 권력이다.

"이제 위원장은 결정됐으니 권 고문님과 박 총장, 김 총무가 부위원장을 맡아주세요."

"잘 알겠습니다."

"그리고 김 위원장이 남은 부위원장 자리를 맡도록 하고."

"그 부위원장 자리도 다른 사람이 맡는 게 좋을 듯……."

민광주 의원이 서둘러 화제를 돌리며 채나의 말을 묵살했다.

"나머지 여섯 분이 열여덟 개 부처를 여섯 개 분과위원회로 나누고, 실무책임자인 분과 위원장을 맡겨 대통령직 인수위원회를 출범시키도록 하겠소. 임 국장은 세부사항이 결정되는 대로 즉시 기자들에게 발표하고, 총리실에 연락해서 각 정부부처와 공조를 통해 다음 순서를 진행하도록!"

"예, 대통령님!"

"됐소! 이것으로 인수위원회 문제는 일단락 짓겠소."

민광주 의원이 아예 반론의 기회조차 주지 않고 일사천리로 결정했다.

그만큼 촉박한 일이었다.

"그럼 지금부터 분위기를 좀 바꿔서 프리토크 시간으로 넘어가겠소. 어떤 말씀이든 좋습니다. 자유롭게 하시고 싶은 말씀들을 하시오. 내게 부탁하고 싶은 말씀이라든지 솔직하게 난 〈우리 정부〉에서 이런 직책을 맡고 싶다는 말씀도 괜찮소. 우리는 사선을 같이 넘어 온 동지들이오. 어떤 말인들 못 하겠소? 권 고문님부터 하시지요!"

민광주 의원이 대뜸 권 의원을 지명했다.

"권상익이오. 지난 삼 개월 동안 여기 모이신 젊고 유능한 동지들과 대통령 선거라는 국가의 중차대한 역사를 함께 쓸 수 있어서 행복했수다. 오 년 후 지금 이 자리에 계신 한 분이 또다시 대한민국 대통령에 당선되셔서 민 대통령과 똑같은 말씀을 하시고, 우리도 똑같은 얘기를 할 수 있었으면 하는 게 내 바람이오!"

권 의원이 최다선 의원답게 며칠 전부터 준비했던 말을 우렁차게 뱉으며 실내에 모인 사람들의 심금을 울렸다.

"개인적인 소망은 국무총리나 장관, 이런 것보다 장차 10선 의원이 되는 거유. 내년 봄 이맘때는 여의도 국회의사당에 있어야겠수. 늙었다고 내치지 마시고 대통령께서 꼭 기억하고 계셨다가 공천 좀 주슈. 끝이우!"

'모두 권 고문처럼 간단히 끝냈으면 좋으려만!'

민광주 의원이 마음속으로 의미심장한 독백을 읊조렸고.

"민주평화당 대표요. 대통령 당선자로서 당 상임고문께 약속드리겠습니다. 제 임기 내 민주평화당 충남 공주 갑구는 권 고문님의 지역구가 될 것입니다. 명예를 걸고 보장해 드리겠습니다."

"고맙수, 대통령님!"

권 의원이 정중히 사의를 표했다.

"사무총장 박희창입니다."

대머리에 살집이 투실투실하고 피부가 벌겋게 달아올라 흡사 삶아 놓은 문어처럼 생긴 박희창 민주평화당 사무총장이 재빨리 입을 열었다.

민광주 의원이 대통령 후보로 나설 때 사무총장 자리를 물려줄 만큼 가까운 측근이었다.

"솔직히 난 지금도 믿어지지 않습니다. 야당이던 우리가 여당인 한국자유당을 무찌르고 대통령을 당선시키다니요? 과연 제 생애에 이런 영광이 다시 올까요?"

"예! 옵니다. 그것도 여러 번 올 겁니다, 총장님!"

검은 뿔테 안경을 걸치고 왜소한 체구에 비해 머리통이 유난히 큰 삼십 대 사내, 양동길 변호사가 비웃듯 박 총장의 말을 받았다.

"아하하하! 양 변호사께서 그렇게 말씀하시니 제 가슴이 주체할 수 없이 떨립니다. 대통령님께서 솔직히 말하라고 하셨으니 내친김에 개인적인 부탁을 하나 드리겠습니다. 저는 국회 물을 오래 먹어 봤으니 정부 부처에서 일을 해봤으면 합니다. 행정안전부 쪽이 괜찮을 듯싶습니다. 대학 때 전공도

했고!"

박 총장은 행정안전부 장관 자리를 요구했다.

행정안전부는 우리나라 국가 공무원을 관리하는 부처로 총무처의 후신이다.

"음, 좋소! 박 총장의 능력이라면 행안부를 잘 이끌어 갈 것이오."

"아하하, 고맙습니다. 대통령님."

민광주 의원과 박 총장이 이미 얘기가 된 듯 부드럽게 대화를 이어갔다.

"자아, 다음은 김 총무 차례요."

"원내 총무 김종국입니다. 민광주 의원께서 대통령으로 당선된 것이 제가 국회의원에 당선된 것보다 훨씬 기쁩니다. 농담이 아니라 저희 집에는 아직도 태극기가 걸려 있습니다. 민 대통령께서 당선되신 날 걸었던 깃발이죠. 아마 오 년 내내 걸려 있을 것 같습니다."

김 총무는 민광주 의원의 먼 인척으로 최측근이었다.

무골호인으로 누구하고도 척을 지지 않는 타고난 정치가였다.

"개인적으로는 청와대에 들어가 일을 하고 싶지만… 그쪽에는 저보다 유능한 분이 많으실 테니까 정보통신부 장관을 한번 맡아보고 싶습니다."

"괜찮은 생각이오. 김 총무가 옛날에 정통부에서 근무도 해봤으니까 업무 파악도 쉬울 거구 말이오."

김 총무도 사전에 약속이 된 듯, 민광주 의원이 지체없이 승낙했다.

하지만 세상일이란 게 꼭 약속만 가지고 되는 것은 아니다.

천하의 대통령 당선자가 약속을 해도 때로는 삐그러질 때가 있다.

이렇게!

"박 총장님이나 김 총무님이 유능하고 박식한 것은 인정하지만 우리 국민들이 좋아하지 않을 겁니다."

양 변호사가 안경을 고쳐 쓰며 강력하게 반발했다.

양동길 변호사는 국제 법무법인 양&김의 대표변호사로 초등학교 시절부터 천재로 소문났던 사람이다.

초등학교 때부터 서울 법대를 졸업할 때까지 한 번도 일등을 놓친 적이 없었다.

당연히 사법고시도 1등으로 붙었고 연수원도 1등으로 졸업했다.

"무슨 말씀이오, 양 변호사?"

"대한민국 건국 이래 처음으로 야당 후보가 여당 후보를 꺾고 대통령에 당선되셨습니다. 한데 국회의원이 장관을 겸직하는 악습까지 이어 받아서야 되겠습니까?"

"……!"

김 총무 박 총장은 말할 것도 없었고, 임 국장, 피 국장, 권 고문, 그리고 민 대통령까지 깜짝 놀랐다.

민주평화당 원내총무 사무총장이나 삼선, 사선의원들이 의견을 개진하는데 입당한 지 일 년도 안 된 새내기가, 그것도 나이 사십도 안 된 젊은 사람이 쌍지팡이를 들고 나선 것이다.

"문제가 많아요, 대통령님! 양변 말대로 국회의원들의 장관 겸직은 심각하게 고려해 봐야 될 일이에요. 이제는 많은 국민이 권력의 핵심들이 양손에 떡을 쥐고 먹는 꼴을 방관하지 않아요."

공인회계사로 숫자의 마술사로 유명한 부산대 이영애 교수였다.

미국 UCLA 경영학과 박사 출신으로 채나의 대학 선배였다.

민광주 의원 등이 당혹했다.

분명히 참모들 사이에서 국회의원이 장관직을 겸직하는 것에 대해 반발이 있을 거라고 예상은 했지만 이렇게 노골적으로 반대를 하리라고는 생각하지 못했다.

"대한민국의 유권자들이 2등을 한 후보보다 천만 표를 더 던져준 민광주 호가 출범하고 있습니다. 그 간판이 될 행정부의 수장들입니다. 죄송한 말씀입니다만 총장님과 총무님께서는 첫 민광주 내각에서는 빠지셨다가 다음 개각 때 입각하시는 것이 어떻는지요? 정 장관직을 맡고 싶으시면 국회의원직을 사임하시고 들어가시든가!"

양 변호사가 거침없이 대안까지 제시했다.

민광주 의원 등은 돌아가는 분위기를 읽었다.

양 변호사가 대안까지 제시하는 것으로 미루어 채나의 친구들은 이건에 대해 심도 깊은 논의가 있었다는 것을 짐작할 수 있었다.

박 총장과 김 총무가 입을 꾹 다물었다.

자신들의 욕심이 과하다는 것은 인정하고 있었지만 마음 한편으로는 승복하고 싶지 않았다.

정치의 정 자도 모르는 왕초보들에게 밀려나는 느낌 때문이었다,

민광주 의원이 결론을 내렸다.

"일리 있는 의견이오. 내 심사숙고해서 결정하리다. 그럼 당직자인 피 국장도 한마디 해보게."

민광주 의원이 자칫 살벌해질 수 있는 상황을 노련하게 넘어갔다.

"좀 건방진 말이지만 저는 선생님을 모실 때부터 분명히 대통령이 되실 것이라고 생각해 왔습니다. 결국 그날이 왔구요. 그냥 대통령님께서 편하신 직책 하나 주시지요. 하면 국가와 민족을 위해 충성을 다하겠습니다."

피 국장이 쭈뼛쭈뼛하던 예전과는 많이 다르게 늠름하게 말을 뱉었다.

"껄껄! 역시 피 국장이다. 시원시원해서 좋구만."

"정무장관! 피 국장은 정무장관을 맡아서 당과 정부 사이의 가교 역할을 해."

"……!"

이번에는 실내에 모여 있던 모든 사람, 민광주 의원을 비롯한 피 국장 본인까지 깜짝 놀랐다.

채나는 이런 회의에서 이렇게 결정하듯 발언하는 사람이 절대 아니었다.

거의 벙어리 행세를 하곤 했다.

오죽하면 회의를 한다고 하니까 그물을 들고 물고기를 잡는다고 도망갈까?

한데 지금 완강한 어조로 피 국장을 정무장관에 천거했다.

이것으로 피 국장은 〈우리 정부〉의 초대 정무장관이 됐다.

이번 대선의 최대 지분을 갖고 있는 대주주가 못처럼 자신의 권리를 주장했다.

덕분에 이 자리에 있는 대부분 사람은 어렴풋이나마 눈치를 챘다.

채나가 피 국장을 정무장관에 추천한 이유를!

채나는 분명히 다음 대 대통령으로 피 국장을 염두에 두고있을 테고, 피 국장의 경력을 쌓아주기 위해 정무장관으로 적극 추천했던 것이다.

정무장관은 어떤 사안에도 책임을 지지도 않고, 좋은 일은 혼자 생색낼 수 있는 아주 특이한 자리였다.

사실은 박 총장이 노렸던 자리였지만 차마 말을 못하고 행정안전부 장관 자리를 꺼냈다.

"실은 나도 피 국장을 정무장관이 어떨까 하고 생각을 하고 있었소. 차기 대한민국 정무장관이오. 박수 한번 쳐줍시다."

짝짝짝!

모여 있던 사람들이 박수를 쳤다.

민광주 의원이 정치 9단답게 채나가 천거를 하자 아예 그 자리에서 결정을 해버렸다.

"이제— 우리 집 머슴 노릇까지 하느라고 고생한 임 국장 발언해 봐. 아, 내가 먼저 한마디 하지!"

"……!"

"여러분도 잘 아시다시피 초선 국회의원 시절부터 지금까지 내 곁에서 늘 변함없이 나를 보필한 친구요. 이제 내가 청와대로 들어가게 됐으니 임 국장을 비서실장으로 임명해서 그 노고를 조금이나마 치하하고 싶소."

"……."

갑자기 실내가 조용해졌다.

"외람된 질문입니다만… 지금 민 의원님께서 어떤 신분인지 알고 계십니까?"

"뭔 얘기요? 대통령 당선자 신분 아니오!"

양 변호사가 진지한 표정으로 질문을 던졌고 민광주 의원이 불쾌한 표정으로 대답했다.

"그렇습니다. 국회의원이 아니세요. 그것도 옛날 꼬마 평화당의 사무총장이나 당수가 아니란 말입니다. 다음 달에 취임하시게 될 대한민국의 자랑스러운 대통령이십니다. 그럼 당연히 비서진들도 그 위상에 걸맞은 사람들로 바꾸어야 합니다. 일개 국회의원 비서진들을 데리고 국가를 경영하실 수 있겠습니까?"

"양 변호사님이 아주 정확하게 지적해 주셨어요. 지금은 글로벌 시대입니다. 대한민국 대통령 비서실장쯤 되면 최소한 영어, 일어, 중국어 정도는 유창하게는 몰라도 어느 정도 알아는 들어야 합니다. 제 말이 틀렸나요? 임 국장님!"

"아, 아닙니다. 이 교수님 말씀 분명히 공감합니다."

"대통령께서 정 임 국장을 청와대로 데리고 가고 싶다면 총무나 행정 쪽으로 생각해 보시는 게 좋을 듯싶군요."

양 변호사와 이영애가 교수가 임 국장의 대통령 비서실장 임명을 명확히 반대했다.

"난 이미 생각을 굳혔소. 임 국장을 〈우리 정부〉의 초대 대통령 비서실장으로 임명하겠소."

"어후— 대통령님도 정말 답답하시네!"

"갈! 이 사람들이 보자보자 하니까 감히 뉘 안전이라고 그런 싸가지 없는 말버릇이야. 답답하다니? 감히 대통령님께

쓸 수 있는 말인가? 젖비린내도 가시지 않은 것들이 어디서
함부로 날뛰는 게야?"

권 고문이 벌떡 일어서며 벽력같이 소리를 질렀다.

"권 고문님!"

"민 대통령도 그러시면 안 되우. 자꾸 오냐오냐 받아주니
까 저것들이 까부는 거 아냐. 이 정권이 어떻게 만들어진 정
권인데……."

"어떻게 만들어진 정권인데?"

와장창—

성질 더럽기로는 대한민국에서 둘째가라면 서러워할 여명
숙 교수가 앞에 있던 재떨이를 그대로 벽에다 던지며 몸을 일
으켰다.

"당신 지금 뭐라고 지껄였어?!"

"다, 다, 당신?! 지, 지껄여?"

"그래! 당신이라고 했어. 그것도 나이 처드셨으니까 최대
한 대우해 준 거야! 하나 물어보자구. 당신 지난번 부평 신우
자동차 노조원 난동 사건 때 어디 있었어? 말해봐. 말해보라
고!"

"……!"

"당신이 맨 먼저 단상 뒤로 도망쳤잖아? 박 총장하고 김 총
무는 대가리 처박고 있다가 눈치 보고 튀고 임 국장은 슬며시
사라지고!"

"저기… 여 교수!"

"왜요? 제가 틀린 말 했습니까? 대통령님!"

"그, 그건 아니오만……."

"전 국민이 다 봤어! 그 새끼가 칼을 휘두를 때 맨 먼저 김 위원장이 날아가 덮쳤고 피 국장이 대통령님을 보호했어. 당신들이 나이가 어쩌니 계집애가 어쩌니 하는 친구가 오늘 이 자리를 있게 한 거야. 알아?"

"……."

민광주 의원이 부평 신우의 자동차 공장을 방문했을 때 벌어진 노조원 난입 사건.

술 취한 노조원 삼십여 명이 민광주 의원이 자신들의 요구를 들어주지 않는다며 식칼 등의 흉기를 들고 민광주 의원이 연설하는 단상에 쫓아 올라간 말 많은 사건이었다.

"내가 당신들 입장이었다면 아무리 대통령님께서 부르셨어도 이 자리에 안 왔어. 아니, 쪽팔려서 못 왔어. 기왕 왔으니 조용히 얘기나 듣다 가서! 괜히 사람 열 받게 하지 말고."

여명숙 교수가 폭탄이란 별명답게 꽝하고 폭탄을 터뜨렸다.

"어허허허험!"

권고문이 허공을 보며 연신 헛기침을 해댔고.

"이거 분위기 살벌해서 안 되겠구만. 이봐! 귀빈 식당에 세팅 좀 해줘, 술도 좀 갖다 놓고!"

민광주 의원이 회의실 너머를 돌아보며 소리쳤다.

누군가 대통령 선거는 전쟁에 준한다고 했다.

당연히 전쟁에는 총칼이 난무하고 폭탄이 빗발친다.

지금처럼!

4장

우리 정부

"대통령에 당선된 후 딱 일주일까지만 행복하고 그 뒤부터는 고행의 연속이다? 어떤 작자가 말했는지 정말 족집게구만!"

대한민국 대통령 당선자, 민광주 의원의 불쾌한 얼굴에서 쓴웃음이 삐져나왔다.

"초장부터 이러니 내 임기 동안 얼마나 지지고 볶을까?"

50만 명!

민광주 의원이 이번 대통령 선거에서 공을 세운 '대선 공신록'을 작성하면서 술이라도 한잔해야 될 사람들을 계산해 본 결과 대략 50만 명이 넘었다.

한자리씩 꼭 챙겨줘야 될 사람들이 5천 명 정도 됐고.

이 5천 명이나 되는 사람들이 앞으로 민광주 의원만 바라볼 것이고, 여차하면 재떨이가 아니라 총칼이 날아올 것이다.

그것도 민광주 의원을 직접 겨냥해서!

민광주 의원은 여 교수가 재떨이를 던지는 것을 보고 더럭 앞날이 걱정됐다.

덕분에 빈속에 술만 들이켰다.

살기까지 띠며 쏟아내는 인신공격성 발언을 듣다못해 슬며시 자리를 빠져나왔고.

호수 주변을 산책하면서 마음을 다 잡고 있었다.

"담배 가진 거 있나? 있으면 한 대 주게."

"아, 예! 여기……."

민광주 의원이 자신의 뒤를 쫓아오던 경호원에게 담배를 부탁했다.

경호원이 즉시 품속에서 담배를 꺼내 정중히 건넸다.

민광주 의원은 두주를 불사하는 애주가였지만 담배 맛은 전혀 몰랐었다.

피기는 피웠다.

유권자들을 상대할 때나 오늘처럼 열이 치솟는 날 진정시키려고 잠시 입에 무는, 소위 뻐끔 담배였다.

한데 이번 대선을 치루면서 담배 맛을 알아버렸다.

부평 신우자동차 공장을 방문했을 때 노조원들과 실랑이

를 하면서 줄담배를 피웠던 것이 결정적이었다.

사실 민광주 의원이 젊을 때만 해도 담배는 발암물질의 대명사가 아니라 기호 식품이었다.

군대에서도 면세 담배를 배급해 줬다. 화랑 담배 어쩌고 하는 군가가 있을 정도였고.

해외라도 잠깐 나갔다 오면 미국제 담배, 양담배를 한 갑씩 돌리는 게 예의였다.

또 민광주 의원이 대선을 치르던 해까지만 해도 요즘처럼 끽연가들이 구박받지는 않았다.

지금은 담배를 피우면 암 전도사로 낙인찍혀 반사회적인 분자가 된다.

"푸후―"

민광주 의원이 담배연기를 길게 내뿜으며 다시 한숨을 쉬었고.

"피곤하구만! 오늘 모임이 만만찮으리라는 것은 예상했지만 이렇게까지 살벌할 줄이야?"

신경질적으로 담배를 비벼 껐다.

어쩔 수 없었다.

민광주 대선 캠프는 크게 두 파로 나뉘어 있었다.

60년대부터 80년대까지 민주주의를 부르짖으며 군부독재 세력과 싸워온 정치가들의 모임인 678정신회와 채나와 직간 접적으로 인연이 있는 채나 교도들.

678정신회의 핵심인물인 권상익 고문 등은 그야말로 북풍한설을 맞아가며 감옥을 내 집처럼 드나들면서 소위 길거리 정치를 했다.

덕분에 몸으로 때우는 막가파식 정치가 몸에 배어 있었다.

채나교의 중심인물인 양동길 변호사 등은 민주주의의 대본영이라는 미국에 유학까지 갔다 온 세대들이었다.

하버드에서, 예일에서, 옥스퍼드에서 정치를 배웠다.

아주 세련되고 논리적이었다.

정치적인 마인드가 전혀 다른 인물들.

태생부터 틀린 한 지붕 두 가족이었다.

결정적으로 전리품으로 거둔 황금 방석을 놓고 붙은 승부였다.

당연히 치고받고 싸울 수밖에 없었다.

"그저 믿을 사람은 저 녀석밖에 없구만!"

민광주 의원이 저편에서 다가오는 채나와 박지은을 바라보며 흐뭇한 미소를 띠었다.

"나 지금 서울 올라가야 돼, 대통령님!"

채나가 간단히 용건을 밝혔다.

"안 돼! 좀 더 있다 가."

"죄송… 큰아빠 만나고 필신이한테 가려면 지금 출발해도 늦어."

"뭐 그렇다면 어쩔 수 없지. 미안하게 됐다, 김 위원장! 허겁지겁 태평양을 건너왔는데 못 볼 꼴만 보여줬구나."

"헤헤헤, 괜찮아! 딱 내 스타일인데 뭐."

민광주 의원이 채나의 손을 잡으며 사과를 했고 채나가 귀엽게 웃으며 고개를 흔들었다.

"조심해서 올라가고 내일 청와대로 와. 꼭 와야 돼?"

"아호, 알았다니까! 대체 몇 번을 말하는 거야?"

"니가 귀찮은 걸 질색하니까 그렇지, 녀석아!"

"질색은 개뿔! 청와대 영빈관에서 애국가까지 부르래. 아주 딱 걸렸어."

채나가 입술을 불쑥 내밀었다.

현임 대통령의 초대.

채나가 월드 투어 중임에도 불구하고 부랴부랴 한국에 들어온 또 하나의 이유였다.

"껄껄껄, 녀석… 박 교수도 잊지 말고 꼭 오고!"

"네! 대통령님."

민광주 의원은 빅마마 박지은을 박 위원장 혹은 박 교수라고 불렀다.

박지은이 민광주 대선캠프에서 교육문화위원회 여성위원장을 맡았기 때문이었다.

현재는 씩씩한 국립 서울대학교 예술대학 영화학과 교수였고.

"그건 그렇고 우리나라에서 공연은 언제 하는 거냐? 김 위원장!"

민광주 의원이 채나와 함께 주차장 쪽으로 걸음을 옮기며
물었다.

"월드 투어 스케줄대로라면 추석 무렵이야. 올가을
쯤⋯⋯."

"최대한 앞당겨 봐! 여기저기서 압력이 얼마나 들어오는지
머리통이 터질 지경이다. 이러다가는 대통령 취임식도 못하
고 탄핵당할지 싶다."

"헤헤, 알았어! 일단 티켓 오픈부터 시작하지 뭐."

"그래, 그렇게 해. 근데 티켓 소리를 들으니까 벌써부터 걱
정이 앞선다. 지난번 월드 투어 티켓도 발매를 시작하자마자
사라졌다며? 이번엔 더욱 치열할 텐데 과연 내가 티켓팅에 성
공할 수 있을까?"

"무슨? 왜 대통령님이 티켓팅을 해? 내가 초대권 백 장쯤
드릴게. 안심하셔!"

"호의는 고맙지만 사양하마. 프로 아티스트의 공연에 초대
권을 들고 가는 것은 매너가 아니다. 또 돈을 주고 정식으로
티켓을 사서 공연을 관람하러 가는 관중들을 모독하는 행위
고!"

"오호─ 역쉬, 내가 존경하는 울 대통령님이야. 마인드가
확실해."

"더욱이 나 같은 사회지도층 인사라면 일반 대중들보다 십

원이라도 더 주고, 일 분이라도 더 시간을 할애해서 티켓을
구매해 공연장에 가야 한다."

민광주 의원, 차기 대한민국 대통령은 이런 멘탈을 가진 사
람이었다.

여타 사회지도층 인사들과는 전혀 다르게 주는 초대권조
차 거부하고, 시간과 돈을 투자해 아티스트들의 공연장에 가
는 사람.

대통령에 당선될 만했다.

"헤헤, 아주 좋은 말씀이셨어. 대통령님도 우리 친구들 너
무 신경 쓰지 마! 내가 잘 얘기할게."

채나가 민광주 의원의 가슴을 귀엽게 콕콕 찔렀고.

"솔직히 자기 비서실장도 마음대로 임명하지 못하면 그게
무슨 대통령이야? 허수아비지!"

불퉁거렸다.

"껄껄껄! 그저 김 위원장만 믿는다."

민광주 의원이 적이 맘이 놓이는 듯, 채나의 어깨를 살포시
감쌌다.

잠시 후, 채나와 박지은이 민광주 의원의 배웅을 받으며 주
차장에 세워진 리무진 버스에 올랐다.

채나가 인천국제공항에서부터 타고 왔던 대한민국 정부의
공용차량이었다.

대선 때 민광주 캠프에 배정된 차량으로 민광주 의원이 채

나에게 전용차로 내준 버스다.

국빈용 방탄 차량으로 사이렌 무선장치와 적색 점멸등을 장착하고 있었다.

긴급 시 교통신호를 위반해도 경찰의 제지를 받지 않았고.

"우헤헤헤헤헤!"

채나가 버스가 출발하자마자 파안대소, 정말 얼굴이 깨질 만큼 웃어 댔다.

"그만 웃어! 그러다가 몸 상해, 바보야."

박지은이 걱정스러운 표정으로 책망했다.

"명숙이 언니 진짜 짱짱걸이다. 대통령님 앞이고 뭐고 기냥 재떨이를 던지네?"

"어후, 넌……."

채나가 무려 오 분 동안이나 계속된 파안대소의 핑계를 여교수가 던진 재떨이에게 미뤘다.

갑자기 채나의 뇌리 속에 청와대 비서관의 말 한 마디에 잘 나가던 방송프로에서 하차했던 살인의 추억(?)이 떠올랐기 때문이었다.

이 눈치 저 눈치 보며 '우스타' 오디션 무대에 오르고 DBS 공개홀 구석에서 몇 푼 되지 않는 출연료를 두고 소 PD와 언쟁을 벌이던 찌질이.

그 찌질이가 오늘은 청와대 비서관들의 생사여탈권을 쥔 대통령과 함께 국사를 논하는 자리에 있었다는 것!

재떨이까지 집어 던지며… 그것이 통쾌했다.

그랬다.

채나는 어느새 대한민국 대통령과 참모들의 회합에 참석해 회의를 좌지우지할 만큼 엄청난 권력자가 돼 있었다.

막대한 돈과 노력을 투자한 결과였다.

"혜혜혜! 명숙이 언니를 장관으로 추천해야겠어. 이런 사람이 정부의 고위층 돼야 대한민국이 발전하는 거야."

"꼭 그렇지도 않아. 말로 할 수 있는 일에 폭력을 앞세우는 사람은 리더가 되면 안 돼."

"……!"

"또, 명숙이 언니가 재떨이를 던지는 바람에 권 고문님 등에게 면죄부를 준 꼴이 됐잖아? 부평 신우 자동차 사건 때문에 늘 우리 쪽 눈치를 봤는데 말야."

"……."

"비서실장 건도 그래. 괜히 반대를 해서 모양만 우습게 됐어. 다른 건 몰라도 비서실장은 대통령님 수족이나 진배없잖아! 당신이 좋다는데 군이 쌍지팡이 들고 나설 이유가 있나?"

"호오? 울 마마 언니 서울대 교수님 되시더니 무지하게 씩씩해졌네."

"그게 아니라… 바보야."

"마마 언니 말 알아들었어. 하지만 양똥 말도 일리가 있어. 대통령 비서실장쯤 되면……."

이제는 대화도 이런 식이었다.

출연료 몇 푼 가지고 따지는 것이 아니라 장관이 어쩌고 대통령 비서실장이 저쩌고 했다. 무서운 것은 채나가 아주 옛날부터 그 자리에 있었던 것처럼 말투가 자연스럽다는 것이다.

"이렇게 하는 것은 어떨까요? 김 위원장님!"

채나와 박지은이 대통령 비서실장 문제를 놓고 갑론을박할 때.

채나 건너편 자리에 앉아 있던 피 회장이 조심스럽게 말문을 열었다.

피 회장은 채나를 바래다 주라는 민광주 의원의 명령을 받고 버스에 동승했다.

"어떻게?"

"대통령님께 양 변호사를 청와대 부속실장으로 천거하시죠."

"양뚱을 청와대 부속실장으로 추천해?"

"또, 이영애 교수나 고봉자 교수가 대통령 수석비서관으로 청와대에 들어가면 우려하시는 678정신회 사람들의 전횡을 견제할 수 있지 않겠습니까?"

"말이 돼!"

대한민국 청와대부속실장.

대통령의 가장 가까운 거리에서 하루 24시간 일 년 365일을 보좌하는 기관의 수장이다. 국무총리든 장관이든 대통령을 만나려면 청와대 부속실을 통해야 하고 부속실장의 콜이 있어야만 한다.

당연히 대통령의 최측근이요, 실세 중의 실세가 맡았다.

바로 말 많고 탈 많은 그 '문고리 권력'의 주인공이다.

대통령 수석비서관은 바꿔 말하면 대통령 수석보좌관이다.

응당 대통령 측근들이 임명된다.

비록 차관급이었지만 웬만한 장관은 둘이 있어도 당할 수 없을 만큼 파워가 셌다.

청와대 부속실장처럼 지근거리에서 보필했기에 항상 대통령과 독대가 가능했다.

비유가 좀 그렇지만 옛날 황제를 모시던 내시들을 생각하면 쉽게 이해가 된다.

"근데 양똥이 청와대 부속실장을 맡을까? 알다시피 대통령병 환자잖아!"

"최소한 싫어하지는 않을 겁니다. 대통령이 되려면 아무래도 대통령의 측근에 있으면서 대통령학 공부를 하는 게 유리하니까요."

"하여튼 양똥도 나만큼이나 별 달기를 좋아해. 술만 취하면 자기는 대통령감이라고 고래고래 소리를 지르니 원!"

"아하하하!"

대통령! 만인지상의 자리.

이제 정치가 채나의 레이더망에 확실하게 잡혀 있었다.

"양 선배라고 대통령 하지 말라는 법은 없지 뭐! 대통령 시험이 있었으면 수석으로 합격했을 사람이잖아?"

채나와 피 회장이 양동길 변호사의 대통령 병을 놓고 농담을 할 때 박지은이 나섰다.

"얼씨구? 마마 언니가 양똥 편을 다 드네. 열 번 찍어 안 넘어가는 나무 없다? 두 분 잘돼가는…….'"

"잘되긴 뭐가 잘돼, 바보야— 그냥 양 선배가 똑똑하다는 말이잖아? 진짜 너 때문에 못살겠어!"

채나의 말이 채 끝나기도 전에 박지은이 버럭 소리를 질렀다.

"제발 양 선배하고 나를 엮지 좀 마. 내가 수없이 말했지? 내 남친은 다른 건 몰라도 최소한 나보다 키는 커야 돼! 양 선배는 완전 난쟁이 똥자루잖아?"

"양똥이 난쟁이 똥자루래? 난쟁이 똥자루… 에헤헤헤헤헤!"

"아하하하!"

박지은이 씩씩대며 도저히 국민배우 빅마마 입에서는 나올 수 없을 것 같은 말.

난쟁이 똥자루라는 해괴한 비속어를 뱉었고 채나와 피 회장 등이 자지러졌다.

끼익!

대통령 별장 청남대 정문 앞에서 버스가 멈췄다.

양 변호사와 여 교수 등이 올라왔다.

몹시 화가 난 듯 술 냄새가 풀풀 풍겼고 얼굴에 먹구름이 잔뜩 끼어 있었다.

털썩!

양 변호사가 신경질적으로 버스 뒤쪽에 놓여 있는 원형 테이블 앞에 앉았고.

"교주님! 수석 장로님! 이쪽으로 오시지. 긴급회의야."

짜증스럽게 외쳤다.

"우혜혜혜!

채나가 난쟁이 똥자루의 후유증으로 튀어나오는 웃음을 참지 못했다.

박지은이 눈을 흘겼다.

"뭐야? 같이 웃자고!"

"아, 아냐! 마마 언니가 민 대통령님 참모 중에 난쟁이 똥자루… 악!"

"……!"

박지은이 채나를 꼬집어 입을 막는 순간 양 변호사의 얼굴색이 확 변했다.

김용순이 얼굴 얘기만 나오면 품속에서 권총을 꺼내려고 발작하듯 양 변호사는 키 얘기만 하면 알레르기를 일으켰다.

"그래! 나 난쟁이 똥자루에 몽땅 연필이고 으깨진 주먹밥이다."

"에헤헤헤!"

명석한 양 변호사가 채나와 박지은이 자신을 흉봤다는 것을 눈치챘다.

한 사람은 존경하는 교주요, 한 사람은 짝사랑하는 여자였기에 어쩔 수 없이 참았다.

"인정하니까 이 문건이나 읽어보고 나를 썹어!"

양 변호사가 두툼한 서류철 하나를 신경질적으로 원탁 위에 내던졌다.

"뭔데?"

채나가 서류철을 들며 양 변호사를 쳐다봤다.

"민 대통령과 민 대통령 등에 빨대를 꽂고 있는 흡혈귀들이 뽑은 〈우리 정부〉의 수장들!"

"국무총리와 각 부처 장관 후보자들 대통령 비서실장과 청와대 수석비서관 후보자들 명단이야."

"찬찬히 살펴봐라, 김 위원장. 완전 불온문서 수준이다."

고봉자, 이영애, 여명숙 교수가 양 변호사, 박지은, 김채나와 함께 원탁 주위에 둘러앉았다.

이 자리에 노벨상 이 관왕에 빛나는 하버드 의대 교수 장한국과 설정기, 재경원 이사관까지 합석하면 바로 그 유명한 '채나교'의 창단멤버가 된다.

재미 유학생들로 구성된 사격선수 채나 킴 후원회.

그 회원들이 채나를 세계 최고의 아티스트로 만들었고 대한민국 대통령을 당선시키는 데 결정적인 공을 세웠다.

지금 얼굴에 허옇게 서리가 내린 채 안경을 벗어서 닦고 있는 양동길 변호사는 '채나교'의 총집사였다. 고봉자 교수 등은 장로들이었고.

"678정신회 쪽 사람들이라면 베테랑 정치가들이니까 대한민국의 저명인사들을 잘 알 거 아냐? 검증된 인물들을 선정했겠지, 뭐!"

채나가 살짝 678정신회 편을 들며 서류철을 열어보지도 않고 다시 밀어놓았다.

"검증된 인물은 맞아."

"사기꾼, 도둑놈, 바람둥이, 부정축재자 등등, 경찰서에서 검증된 화려한 전과자들이야."

"열에 일곱은 678정신회 출신이고!"

"우리 쪽 사람들은 구색 맞추기 용으로 가뭄에 콩 나듯 끼어 있어."

양동길 변호사 등이 분기탱천했다.

한데 원탁 위에 놓인 서류철.

〈우리 정부〉를 이끌고 나갈 초대 수장들의 후보자 명부.

여명숙 교수 말처럼 불온문서는 아니었다.

모든 정치가의 로망.

대통령 선거에서 승리한 팀이 가져오는 전리품이었다.

이 전리품을 얻기 위해 민광주 의원 등은 목숨을 걸고 선거판에 뛰어들었다.

일국의 총리부터 장관 장군들을 내 마음대로 임명한다?

얼마나 판타스틱한 일인가!

"이렇게 해, 양똥 오빠!"

민광주 대선캠프의 최대 지분을 갖고 있는 대주주가 결정을 내렸다.

"오빠랑 언니들도 678정신회에서 작성한 것처럼 〈우리 정부〉를 이끌고 나갈 수장들의 후보자를 선정해서 문건을 작성해."

"......!"

"그 명단에는 대통령 미래전략기획 수석비서관 고봉자, 경제수석 이영애, 민정수석 설정기, 정무장관 피대치, 문화부장관 여명숙, 청와대 대변인 금혜원, 청와대 경호실차장 모영각, 청와대부속실장 양동길은 꼭 집어넣고!"

채나가 줄줄이 명단을 불렀다.

"며칠 전에 민 대통령님께서 내게 사람들을 추천해 달라고 말씀하셨어."

......

갑자기 장수말벌 집 같던 버스에 정적이 찾아왔다.

채나가 모두가 먹고 싶어 하는 떡을 나눠줬기 때문이다.

"교주님하고 수석장로님도 한자리 하셔야지!"

그 정적을 양 변호사가 깼고.

"멍충이! 난 월드 투어 뛰기에도 정신없어."

"난 서울대 교수직도 버거워!"

채나와 박지은이 단호하게 거절했다.

"교주님, 나는 말이야……."

"대통령감이라며? 그럼 대통령학 공부를 해야지! 민 대통령님 곁에서 배워. 피 국장이 대통령이 되면 법무부 장관 등을 하면서 스펙을 쌓고. 차차기 대한민국 대통령에 출마해!"

"……!"

채나가 다시 양 변호사의 입을 막았다.

감히 거역할 수 없는 카리스마였다.

"이 자리에서 약속하지! 양똥 오빠가 대통령에 출마하면 내가 직접 선대위원장을 맡아서 선거판을 지휘할 거야. 그러니 지금은 내 말에 따라줘."

"OK!"

채나가 다시 한 번 진한 포스를 뿜었고 양 변호사가 홀린 듯 대답했다.

공포스럽게도 채나는 차기는 물론 차차기 대한민국 대통령 후보까지 결정했다.

대한민국의 현실정치에 참여한 선문의 98대 대종사는 영구 집권을 꿈꿨다.

"모 영감!"

채나가 분위기를 바꾸려는 듯 모 중사를 불렀다.

"예! 회장님!"

모 중사가 묵직하게 다가왔다.

"민 대통령님과 얘기 끝났어. 내일부터 민 대통령님을 모셔!"

"어이구, 회장님!?"

모 중사가 화들짝 놀랐다.

채나에게 〈우리 정부〉의 대통령 경호실 차장으로 천거했다는 말은 들었지만 그날이 이렇게 빨리 올 줄은 몰랐기 때문이다.

"모 영감은 억울하게 빵살이 했다고 했잖아?"

"그, 그거야⋯⋯."

"대통령경호실 차장 정도면 어느 정도 사건의 내막은 밝힐 수 있을 거야."

"회장님 은혜는 이 모영각이가 백골이 진토 되어도 잊지 않겠습니다."

모 중사가 몹시 흥분한 듯 꽤나 어려운 말로 충성을 맹세했다.

"은혜랄 것까지는 없어. 정 못해 먹겠으면 언제든지 내 경호팀으로 돌아와. 국가공무원이니까 파견 나간 걸로 하자고!"

"고맙습니다, 회장님!"

모 중사가 허리를 숙일 수 있는 데까지 숙였다.

"대통령 경호실에 근무하면서 여러 가지를 잘 배워둬. 훗날 내가 미국 대통령이 되면 모 영감을 미국 대통령 경호실장으로 임명할 테니까."

"명심하겠습니다."

"농담이야, 헤헤헤!"

모 중사는 경호팀장으로 채나를 아주 가까이에서 지켜봤다.

채나는 절대 농담이라도 거짓말은 하지 않았다.

본인이 미국 대통령이 되겠다고 말을 꺼냈다면 언젠가 미국 대통령이 될 것이다.

미국 최초의 동양인 여자 대통령.

나이 빼고 모든 게 준비된 대통령이었다.

"······!"

그때 채나가 뭔가 생각난 듯 버스 안을 돌아봤다.

버스에는 채나의 스탭들과 박지은의 스태프들, 양동길 변호사 등의 수행원까지 합쳐서 사십여 명이나 되는 사람이 타고 있었다.

"민지 언니, 이리 와 봐!"

"네! 채나 씨."

박지은의 매니저인 노민지가 미소를 띠며 다가왔다.

"대통령 공보비서관으로 들어가지?"

"네에?!"

"언제까지 마마 언니 매니저 노릇만 할 수 없잖아? 마마 언니가 서울대 교수님도 되셨고 하니까 이번 기회에 퇴직금 좀 짭짤하게 받고 튀어!"

"아후— 채나 씨!"

"마마 언니 몰래 연세대 대학원에 등록해서 공부도 열심히 하고 있다면서?"

"채, 채나 씨! 그건 말이에요?"

노민지가 펄쩍 뛰었다.

"후후, 멋있다. 대통령 공보 비서관 노민지!"

박지은이 노민지와의 이별을 준비했다.

"이사님… 지금 채나 씨 말은요"

"바보! 교주 말이 맞아. 언제까지 내 매니저를 할 거야? 대통령님께서 국정 운영을 하시는데 네 샤프한 머리를 보태드려!"

노민지가 눈치를 보자 박지은이 쐐기를 박았다.

"공보 비서관으로 들어가서 열심히 일해. 그래야 다음에 우리 피 국장이 대통령이 되면 수석자리 하나 주지!"

"하하하! 그렇게 하겠습니다. 제가 대통령이 되면 틀림없이 노 부장에게 대통령 수석보좌관 자리를 드리겠습니다."

"봐봐! 민지 언니는 최소한 대한민국 대통령 수석비서관이 될 사람이라구."

"아후후, 채나 씨는 정말!?"

노민지가 감격했고.

"또 누구 없나?"

채나가 사람을 찾는 듯 버스 안을 둘러보았다.

"청와대 들어가고 싶은 사람 있으면 지금 말해. 내가 대통령님께 추천해 줄게. 물론 임명권자는 대통령님이시니까 결과는 장담 못해!"

"와하하하!"

채나의 몇 마디에 버스 안이 훈훈해졌다.

지금 채나가 개업 집에서 떡 나눠 주듯 뿌리는 '감투'!

우리나라 대통령이 임명할 수 있는 감투가 만 개가 넘는다고 한다.

그중 영양가 있는 노른자위가 최소 2천 개였고 민광주 대선캠프에서 채나의 지분이 50%를 상회했으니 채나는 최소한 오백 개에서 천 개쯤의 감투를 나눠 줄 수 있었다.

재미 삼아 산술적으로 계산했을 때 그렇다는 말이다.

"방 부장! 육포 가진 거 있지?"

그때, 양 변호사가 채나의 매니저 방그래를 찾았다.

기분이 풀린 듯 목소리에 힘이 들어가 있었다.

양 변호사는 여자고 남자고 위아래 십 년은 무조건 친구로 대했다.

그래서 방그래에게 반말을 했다.

"네네! 많이 있습니다."

"이리로 가져와! 오랜만에 우리 채나교의 임원들과 술 한 잔해야겠어."

"그러자고. 씹을 놈도 많은데 안줏감도 충분하지 뭐!"

"깔깔깔!"

곧바로 양 변호사의 수행원으로 보이는 남자가 막걸리 십여 통을 탁자 위에 내려놨다.

느닷없이 버스 안에 술판이 벌어졌다.

"먹자고! 민 대통령이 아끼는 어주(御酒)인데 내가 몇 통 훔쳐왔어."

양 변호사가 막걸리 통을 땄다.

"헤헤헤, 어주래? 울 작은아빠가 만든 남해 해죽포 막걸리구만."

"후우, 정말이네. 상표가 똑같아."

채나와 박지은이 막거리 통을 쳐다보며 깔깔댔다.

"어쨌든 엄청 맛있는 술이야. 자아! 간단하게 한 잔씩 빨고 노래방이나 가자구."

"피이— 음치면서 노래방은 엄청 좋아해."

양 변호사가 2차로 노래방 제의를 하자 박지은이 콧방귀를 날렸다.

"……!"

동시에 채나 등이 눈을 동그랗게 뜨며 일제히 박지은을 주시했다.

"그, 그게 양 선배가 일본 촬영장에 왔었어. 술이 잔뜩 취해서……."

박지은이 말실수를 깨닫고 잽싸게 변명을 했다.

다급하게 진화하려다 보니 물 대신 기름을 뿌렸다.

"오오오! 그래서? 그래서? 둘이 노래방을 갔었어?"

"얘는? 그럼 둘이 갔지 스태프까지 데리고 갔겠냐?"

"청춘남녀가 술에 취해 야밤에 노래방을 갔다? 그것도 외국에서. 이 뜻은 뭐지?"

"뭐긴 뭐야? 갈 데까지 간 사이지!"

"오호호호! 하하핫!"

채나가 구수한 남도창을 노래했고 여 교수가 추임새를 넣었다.

박자가 딱딱 맞았다.

"아후후… 그게 아니라 민지랑 스태프들 모조리 갔었어. 민지야! 이리 와서 증언 좀 해."

박지은이 애써 변명을 했다.

분명히 박지은은 양 변호사와 스태프들과 함께 노래방을 갔다.

스태프들이 한 명씩 살살 빠지면서 둘만 남았고!

"드디어 대한민국 국민배우 빅마마가 시집을 가는구나. 헤헤헤!"

"동양제일미녀 세계에서 가장 예쁜 여자 박지은이 양똥의 끝없는 도끼질에 마침내 넘어갔구만!"

"미녀와 야수! 제대로 보여주는 커플이야."

"인심 썼다. 마마 언니와 양똥이 결혼할 때 축가는 내가 불러주지!"

"와아아아! 삑삑삑!"

채나와 여 교수 등이 흡사 내일 오후에 박지은과 양 변호사가 결혼을 할 것처럼 몰아갔다. 노민지 등이 환호와 박수를 보냈고.

"채나야아! 그게 아니고… 아후! 양 선배는 왜 아무 말도 안 해?!"

"말 시키지 마. 나 지금 대통령에 당선된 기분이야. 교주를 업고 LA까지 가야 하나, 서울까지 가야 하나, 고민 중이라고!"

"양 선배!!"

박지은이 얼굴이 새빨갛게 변한 채 어쩔 줄 몰라 했다.

"오호호호! 깔깔깔깔!"

다시 버스 안이 웃음바다로 변했다.

실은, 빅마마 박지은도 양 변호사의 끝없는 도끼질에 많이 흔들리고 있었다.

일본으로 미국으로 쫓아다니며 지칠 줄 모르고 러브콜을 보내는 갸륵한 정성.

게다가 박지은과 가까운 채나 등이 열심히 풀무질을 해댔
고.

사실 양 변호사 키가 그렇게 작지는 않았다.

땅에서부터 재니까 그렇지 하늘에서부터 재면 양 변호사
가 버스 안에 있는 사람들 가운데 가장 컸다.

"전국적으로 건배 한 번 하자고!"

"민 대통령님의 만수무강과 양똥 부부의 행복을 위하여!"

채나가 타고 있는 버스에서 때아닌 건배가 제창됐다.

이것도 대선에서 승리한 전리품 중 하나였다.

부웅!

최신형 리무진 버스가 서해안 고속도로를 달려갔다.

그렇게 제19대 대한민국 대통령 선거가 막을 내렸고.

채나의 첫 번째 대통령 선거도 마무리됐다.

국무총리 하나, 장관 여덟, 육군 대장 다수를 얻었다.

5장

공개방송

영화나 소설 속에서 보면 쿠데타를 일으킨 세력이 제일 먼저 뛰어가는 곳은 항상 국가 원수의 관저와 군 지휘부처다.

동시에 방송사와 신문사로 달려가고.

그만큼 방송사와 신문사는 권력을 잡을 때 최우선으로 장악해야 하는 아주 중요한 곳이라는 뜻이다.

종이 시대가 가고 전자 시대가 도래한 오늘날에는 방송사가 신문사보다 두어 수 위에 있는 것은 부인할 수 없는 팩트다.

대한민국 정부가 백 퍼센트 출자한 한국방송사 KBC는 1TV, 1라디오, 1FM, 2TV, 2라디오, 2FM 채널에 사회교육 방송, 국제 방송 채널까지 갖추고 있었다.

거기에 미주, 유럽, 아시아 등에 수십 개 총국을 거느리고 있어서 웬만한 민영 방송사들은 비교조차 안 되는 그대로 메이저 방송사였다.

KBC 사장은 대통령이 임명하는 자리였고 정부 의전 상 차관급에 준하는 예우를 받았지만, 그 자리가 지닌 힘은 장관을 능가했다.

띵똥!

그 막강한 KBS 사장실로 올라가는 엘리베이터에서 젊은 여성 한 명이 내렸다.

노란 장밋빛 재킷에 하얀 블라우스, 받쳐 입은 따스한 바깥 날씨와 잘 어울리는 정장 차림이었다. 거기에 큼직한 다이아몬드 목걸이와 팔찌 등이 어울려져 흡사 어떤 왕국의 공주 같았다.

채나였다.

채나가 좀처럼 보기 힘든 성장을 하고 KBC 사장 비서실에 들어섰다.

"계서?"

오수경 대리를 향해 엄지손가락을 치켜들었다.

사장님 안에 있느냐는 뜻이었다.

"…누구시죠?"

오 대리가 대답 대신 질문을 하면서 재빨리 머리를 굴렸다.

분명히 차림새는 연예인인데 자신이 아는 KBC 탤런트 중에는 이렇게 귀엽고 예쁜 아가씨가 없었다. 가수나 개그맨들도 마찬가지였고.

"나야, 채나! 오랜만에 왔다고 벌써 내 얼굴을 잊은 거야, 오 대리님?"

"채나 씨? 김채나 씨? 세, 세상에! 너무 너무 예뻐지셨다!"

채나가 미소를 지으며 자신의 정체를 밝히자 오 대리가 입을 딱 벌렸다.

"어머머머! 정장을 하시니까 정말 몰라보겠어요. 난 어느 나라 공주님께서 방문하신 줄 알았어요?"

오 대리와 여비서가 호들갑을 떨었다.

"사장님 뵙고 나올게."

채나가 사장실을 향해 서슴없이 걸음을 옮겼다.

"어, 어떡하죠, 채나 씨?"

"사장님 지금 본부장님들과 회의 중이신데… 좀 오래 걸리실 거예요. 약속을 하고 오시지 그러셨어요."

오 대리가 난색을 표했고.

"그럼 다음에 뵙지 뭐!"

채나가 주저 없이 돌아섰다.

"……!"

"혹시 김채나한테 전화나 메모가 오면 내가 달나라에 있어도 연결해. 아님 나나 자네들 중 하나는 KBC를 떠나야 할 거야."

지켜보고 있던 비서실 대장인 남경철 실장이 언젠가 이영래 사장이 비서들을 모아놓고 다짐했던 말을 떠올렸다.

"잠깐만요, 채나 씨! 사장님께 말씀드려 보겠습니다."

남 실장이 황급히 쫓아가 채나를 잡으며 오 대리에게 눈짓했다.

오 대리가 뭔가 낌새를 채고 잽싸게 인터폰을 연결했다.

남 실장이 아주 현명한 결정을 했다.

만약 지금 채나를 잡지 않았다면 일국의 재상 자리와 함께 남 실장의 자리도 영원히 날아갔다.

채나는 민광주 대한민국 대통령 당선자 특사로 KBS에 왔다.

해서 버스에서 정장으로 갈아입는 수고까지 했다.

외계인들도 알지만 채나는 결코 두말을 하지 않는다.

더더욱 두 걸음은 채나가 죽을 때나 할 것이다.

이승에서 저승으로 저승에서 다시 이승으로!

"네네— 사장님! 아직 가지 않으셨어요. 앞에 계세요. 알겠습니다, 네에!"

오 대리가 얼굴을 붉히며 남 실장을 향해 고개를 주억거렸고 곧바로 채나를 쳐다봤다.

"저, 저기 채나 씨! 사장님께서 빨리 들어오시라는데요."

"정말 죄송합니다, 채나 씨!"

오 대리와 남 실장이 정중하게 사과했다.

"채나가 왔다고?!"

"우리 귀염둥이가 왔어!"

바로 그때 이영래 사장과 계 본부장 등이 뛰쳐나왔다.

"헤헤! 오랜만, 큰아빠! 계 삼촌!"

채나답게 짧게 인사를 했다.

이영래 사장 등은 작년 연말에 있었던 채나의 음반 쇼케이스 때 LA에 왔었다.

"어이구, 이게 누구야? 우리 딸이 이렇게 예뻤나?"

이영래 사장이 너무 반가운 듯 활짝 웃으며 채나를 번쩍 안았다.

'사, 사장님이 회의까지 중단하고 달려나와 안아줘?!'

'…일촉즉발이었다. 하마터면 실업자가 될 뻔했어.'

오 대리와 남 실장이 안도의 한숨을 내쉬었다.

"핫핫핫! 갑자기 내 방이 환해지는구만."

"자식이 볼 때마다 예뻐지네!"

"하마터면 지난번처럼 또 몰라볼 뻔했어."

"헤헤, 신경 좀 썼어. 큰아빠하고 삼촌들 체면도 있고 해서 말야!"

이영래 사장 등이 채나의 미모를 칭찬했다.

채나가 예쁘게 말을 받았다.

확실히 계 본부장 말대로 채나는 또 달라져 있었다.

세계에서 제일 부자가 돼서 그럴까?

귀티가 물씬물씬 풍겼다.

정장이 지독하게 잘 어울렸고.

"오냐! 우리 딸 오느라고 고생했다. 어서 방으로 들어가자."

이영래 사장이 흐뭇한 미소를 머금은 채 채나를 데리고 사장실로 들어갔다.

"빨리 커피… 아냐! 김채나 씨는 음료수나 커피는 안 좋아해. 생수! 생수 가지고 들어가."

남 실장이 급히 지시를 했다.

…….

이영래 사장 주재하에 본부장 회의가 열리고 있던 KBC 사장실이 갑자기 침묵에 잠기면서 뭐라고 표현할 수 없는 야릇한 분위기로 바뀌었다.

"……!"

방금 전까지 대머리에 흐르는 땀을 닦아가며 열변을 토하던 박수철 경영본부장은 다음 할 말을 잊어버렸다.

이영래 사장과 다른 본부장들은 머릿속이 하얗게 비었고.

생각지도 못했던 인물이 찾아와 상상하지도 못했던 소식을 전했기 때문이다.

"그러니까…….."

이영래 사장이 더 이상 참지 못하고 입을 열었다.

분명히 자신의 이름이 거론됐다.

"김 회장은 지금 나보고 대통령직 인수위원회 위원장을 맡아 달라는 말이야?"

이영래 사장이 채나 대신 김 회장이고 불렀다.

그렇게 불러야 될 것 같은 분위기였다.

"응! 확실히 그렇게 말씀하셨어."

"누가?"

"민광주 대통령 당선자께서!"

....

또다시 침묵이 찾아왔다.

"그럼 김 회장은 현재 대통령 당선자 특사로서 내 사무실을 찾은 거냐?"

"뭐 특사라면 특사겠지. 대통령 당선자께서 큰아빠한테 이말을 전해달라고 하셨으니까!"

....

또다시 침묵!

세 번째 이어지는 침묵이었다.

그만큼 대통령직 인수위원회 위원장이라는 직위의 파괴력이 컸다.

'채나 씨가 대통령 특사로 온 거였어?!'

'채나 씨가 그냥 갔으면 꼼짝없이 사표 쓸 뻔했네.'

테이블 위에 생수를 갖다놓던 오 대리의 등에 식은땀이 흘렀다.

"녀석! 그래서 의관을 정제한 게냐?"

이영래 사장이 모든 상황을 파악한 듯 사극에 나오는 어휘로 조크를 던졌다.

'의관을 정제하다'라는 말은 격식에 맞춰 옷을 갖추어 입는다는 뜻이다.

"쳇! 주위에서 대통령 당선자님의 말을 전하러 가는 길이니까 꼭 정장을 입고 가라고 하더라고. 불편해 죽겠어."

채나가 투덜댔다.

"OK! OK! 이건 알고 있지, 김 회장? 대통령직 인수위원회 위원장은 국무총리급 인사가 맡는 것이 관례야."

사회부 기자 출신인 안 본부장이 예리하게 지적했다.

"그래서 내가 추천했어."

…….

네 번째 침묵이 이어졌다.

채나가 스스럼없이 자신이 이영래 사장을 인수위원장에 천거했다고 밝혔기 때문이다.

"서울 법대를 졸업하고 행정고시를 패스한 뒤 재무부에서 고위관료 생활도 했고 한국방송사에서 기획본부장 부사장을 역임했구. 지금은 사장님이시고… 뭐 이 정도면 국무총리를 하셔도 되는 거 아닌가? 내가 잘못 판단한 거야?"

"맞다, 김 회장이 잘못 판단했다. 사장님은 총리가 아니라 대통령을 하셔야 될 분이지."

"하하하! 껄껄껄!"

안 본부장이 이번에는 사회부 기자 출신다운 조크를 날렸다.

"왜? 자신 없어, 큰아빠?"

채나가 몸을 일으키려는 듯 한쪽 손으로 탁자를 짚었다.

여기서 이영래 사장이 한마디라도 거부 의사를 표명하면 채나는 서슴없이 일어나 이 방을 나갈 것이다.

그럼 총리까지 바라볼 수 있는 대통령직 인수위원장직도 같이 날아간다.

"안 본부장 말대로 국무총리가 아니라 대통령을 시켜줘도 감당할 자신은 있다. 단지 내가 한 나라의 재상이 될 인격을 갖췄는지 잠시 생각해 봤다."

이영래 사장이 채나의 맘에 쏙 드는 대답을 했다.

"그건 나중에 정식 총리가 되고 생각해. 부족한 게 있으면 그때 열심히 공부하라고!"

"핫핫핫! 껄껄껄……."

채나가 특유의 간단명료한 화법으로 결론을 내렸다.

"오냐! 우리 똑똑한 조카 덕에 재상 한번 되어보자. 민 대통령께서 전화 주시면 내 흔쾌히 대통령직 인수위원장직을 수락하마!"

와아아아! 짝짝짝짝!

숨을 죽이고 추이를 지켜보던 본부장들이 환호성과 함께 우레와 같은 박수를 보냈다.

"그동안 우리 KBC에서 국회의원이 여러 분 나오시더니 끝내 총리서리까지 탄생하셨네."

"오늘 같은 날은 한턱 쏘는 거 맞죠? 사장님!"

"핫핫핫, 월차들 써. 당장 나가자고!"

계 본부장과 안 본부장이 한턱 쏠 것을 재촉했고 이영래 사장이 곧바로 자리에서 일어났다.

"뭐 하냐, 김 회장? 일어나!"

"오늘 우리 존경하는 총리서리님과 갈 데까지 가보자고!"

"이럴 때 소주 한 잔 안 하면 지옥 간다, 지옥 가!"

계 본부장과 안 본부장 등이 채나를 잡아끌었고.

채나의 얼굴이 와장창 깨졌다.

채나가 세상에서 가장 좋아하는 음식 중 하나인 한우갈비를 원 없이 먹을 기회가 날아갔기 때문이다.

"푸후후후— 나 오늘 '오후를 여는 사람들' 게스트야."

"핫핫핫! 우리 라디오 프로그램에 출연하기로 약속한 거냐?"

"응! 지금쯤 필신이가 눈이 빠지게 기다릴 거야."

"그래? 그럼 파티를 다음 기회로 미루지 뭐."

이어지는 이영래 사장의 말에 이번엔 본부장들의 얼굴이 와장창 깨졌다.

꽁술을 눈탱이가 밤탱이가 될 때까지 먹을 수 있는 기회가 날아갔기 때문이다.

한데 진짜 사장실 밖에서 한 사람이 채나를 눈 빠지게 기다리고 있었다.

연필신이 아니라 오후를 여는 사람들 '오 여사'의 담당 PD였다.

＊　　　＊　　　＊

2003년 1라운드 라디오 청취율 조사 보고서

〈미디어마케팅 리서치 팀(03/03/8) 〉

1. 조사개요

가. 조사기관: 코리아 리서치

나. 조사기간: 3월 1일부터 7일까지(1주)

다. 조사대상: 서울 및 수도권 13세부터 69세까지(하루 5분 이상 라디오 청취자)

라. 조사 표본 크기: 3,000명

2. 라디오 프로그램 점유 청취율 TOP 10

가. DBS 파워 FM 연필신의 좋은 음악 좋은 노래 15.8%

나. MBS AM 한미래의 으리으리 쇼 15.5%

다. KBC 1라디오 AM 오후를 여는 사람들 15.3%

라. DBC 파워 FM 이제는 라디오 시대 9.6%

마. KBC 1라디오 FM 금혜원의 음악과 도시 8.8%

와락!

KBC 1라디오 음악 프로그램 오후를 여는 사람들 일명 '오 여사' 담당 PD인 위영청이 숫자들이 빽빽한 청취율 보고서를 움켜쥐었다.

"으흐흐, 좋아. 딱 0.5% 차이야. 작은 거 한 방이면 간단히 뒤집을 수 있어."

위 PD가 움켜쥐었던 보고서를 다시 찬찬히 살폈고.

"충분해! 오늘 우리 '오 여사'가 대한민국 라디오의 정상을 정복하는 날이다."

조심스럽게 주머니에 집어넣었다.

"근데 왜 이렇게 안 나오는 거야?"

위 PD가 인상을 쓰며 복도 저편을 째려봤다.

"아하하하! 핫핫핫!"

KBC 사장실이라고 새겨진 아크릴 명판이 걸린 실내에서 연신 호탕한 웃음소리가 흘러나왔다.

"무슨 말씀들이 저렇게 많지? 리허설까지 하려면 시간이 촉박한데⋯⋯."

위 PD가 초조한 얼굴로 연신 시계를 쳐다보며 KBC 사장실 앞을 맴돌았다.

오늘은 〈오 여사 200회 특집〉 공개방송이 있는 날이었다.

위 PD는 언제부턴가 채나를 자신의 프로인 '오 여사'에 게스트로 출연시키고 싶었다.

결국 오 여사 200회 특집 게스트로 채나를 찍었다.

실은 누구에게도 말하지 않았지만 위 PD는 채나 교도 중한 명이었다.

그것도 앞에 광자가 붙은.

살짝 회사에 휴가를 내고 미국 텍사스주 카우보이 스타디움에서 열렸던 채나의 월드 투어, 그 일곱 번째 콘서트를 구경 가기도 했다.

채나를 섭외할 겸 겸사겸사.

카우보이 스타디움에서 직접 목격한 채나의 폭발적인 카리스마와 인기는 위 PD의 상상을 백 배쯤 뛰어넘었다.

그 후, 위 PD는 더 이상 헤어 나올 수 없을 만큼 채나에게 빠져들었다.

무슨 수단을 쓰든 게스트로 출연시키고 싶었다.

미국에선 차마 입이 떨어지지 않아 그냥 서울로 돌아왔다.

끝내 미련을 버리지 못하고 연필신에게 매달렸고 연필신이 천신만고 끝에 채나의 허락을 받아냈다.

덕분에 소원을 이룬 위 PD는 채나가 미국을 출발해서 한국에 입국할 때까지 채나의 동정을 실시간으로 체크했다.

채나가 청남대를 떠나 신갈 톨게이트에 들어서는 순간부터 지금까지 쭉 함께했다.

"채나, 아직도 안 나온 거야? 위 PD님!"

연필신과 후배 KBC 공채 개그우먼인 이갑숙이 헐레벌떡 복도를 뛰어왔다.

이갑숙은 '오 여사'의 보조 진행자였다.

당연히 연필신이 섬었다.

"진짜 노인네들 말 많다. 채나 씨가 사장실에 들어간 지 한 시간도 넘었는데 아직도 수다 중이셔."

"미쳐, 미쳐! 내가 어떻게 잡아온 때지인데, 진짜?"

"껄껄껄! 아하하하!"

연필신이 펄펄 뛰었고 사장실에서 계속해서 웃음소리가 새어 나왔다.

"갑숙아, 시간 재! 오 분 뒤에 쳐들어간다."

"예! 언니."

연필신 특유의 거친 성격이 폭발했다.

덜컹!

구로동 꺽다리 아줌마가 KBC 사장실로 뛰어들기 삼십 초 전에 채나가 나왔다.

"……!"

위 PD 등 '오 여사' 스태프들이 당황했다.

뜬금없이 '오 여사'의 200회 특집 공개방송이 열리는 KBC 대공개홀에 스탠다드 카메라 등이 설치되고 있었기 때문이다.

"야, 이 PD! 이 카메라들 뭐냐? 오늘 우리 '오 여사' 여기 서 공개방송 하는 거 몰라?"

"금방 방청객들 들어올 거예요."

위 PD와 서 작가가 까칠하게 말했다.

"알아요, 선배님! 그래서 카메라 설치하는 거예요. 오늘 '오 여사'는 제1라디오와 1TV에서 동시에 내보낸대요."

"끅! TV랑 동시에 방송을 해?"

"세상에 이런 일이?!"

"좋으시겠어요. 김채나 씨가 게스트로 나온다는 것을 아시 고 사장님께서 직접 예능본부 국장님께 지시하셨대요."

"사장님께서 직접 지시를 하셨어?"

"하하! 사장님까지 나서시는 걸 보면 김채나 씨가 대단하 긴 대단한가 봐요."

"……."

갑자기 위 PD는 불안해졌다.

분명히 같은 프로그램을 놓고 라디오와 TV가 동시에 방송 을 내보낼 때가 있다.

올림픽이나 월드컵 같은 세계적인 매머드 행사나 대통령 연두기자회견 같은 거국적인 행사 때 그렇게 한다.

하지만 일개 라디오 음악 프로를 TV와 라디오에서 동시에 쏜 적은 KBC 개국 이래 한 번도 없었다.

오늘 채나가 '오 여사' 게스트로 출연하면서 그 불문율을 깼다.

"저어기… 위 PD님!"

서 작가가 대공개 홀 출입구 쪽을 힐끔 쳐다보며 위 PD를 쿡 찔렀다.

"어이구! 사장님하고 본부장님들이 오시네."

이영래 사장과 계 본부장 등이 대공개 홀로 들어왔다.

"어이, 위 PD! 여기 앉아도 되냐?"

계 본부장이 위 PD를 향해 소리쳤다.

"아, 예! OP석이라서 상관없습니다. 본부장님!"

위 PD가 계 본부장 쪽으로 바람처럼 달려갔다.

이영래 사장 등이 무대 바로 앞 OP석에 앉았다

OP는 Orchestra Pit(오케스트라 피트)의 약자로 원래 오페라나 뮤지컬을 무대에 올릴 때 반주를 맡은 오케스트라가 위치하는 공간을 말한다.

보통 무대와 객석 사이에 있는데 최근 우리나라의 여러 공연장에서는 오케스트라 피트를 쪼개서 객석으로 만드는 것이 유행이다.

그렇게 만들어진 임시 좌석을 OP석(오케스트라 피트석)이라고 부른다.

"오셨습니까, 사장님! 본부장님!"

위 PD와 서 작가가 정중하게 인사를 했다.

"핫핫! 자네 라디오 프로 잘 만든다고 소문났더구만."

"잠깐 보고 갈 테니까 우리 신경 쓰지 말고 일해!"

"예예! 본부장님."

이영래 사장 등이 위 PD를 격려했다.

"서 작가! 나 쫄고 있냐?"

"킥킥킥! 옆에 있는 제가 다 추울 지경이에요."

위 PD가 이영래 사장 등의 눈치를 보면서 출연진 대기실 쪽으로 나왔다.

"이게 무슨 일이래? 느닷없이 TV와 동시 방송을 하고 사장님과 본부장님들이 몰려오시고……."

"모두 갓 채나의 위용이에요."

"그래! 이참에 갓 채나 덕 좀 보자. 아주 완벽하게 방송을 해서 윗분들에게 눈도장을 콱 박자고."

"좋죠! 우리라고 언제까지 라디오 본부에만 죽치라는 법 있나요? 내일부터 예능본부로 옮기자구요."

짝!

위 PD와 서 작가가 하이파이브를 하며 환하게 웃었고.

출연진 대기실로 들어서는 순간 쓴웃음으로 바뀌었다.

쉬면서 목을 풀고 있어야 할 채나가 이십여 명의 남녀에게 둘러싸여 린치를 당하고 있었기 때문이다.

KBC의 각 프로그램 담당 PD들이었다.

채나가 '오 여사'에 출연한다는 소식을 듣고 부리나케 달려왔던 것이다.

위 PD와 마찬가지 용건이었다.

세계적인 슈퍼스타인 채나를 섭외하기 위해서였다.

"박 PD! 정 PD! 니들이 여긴 웬일이냐? 어라? 콧대 높으신 1TV 예능본부 PD님들도 오셨네."

"네에! 잠깐 채나 씨하고 몇 마디 나누고 가겠습니다, 선배님!"

"좀 봐주세요, 선배님! 채나 씨가 우리 〈정오의 신청곡〉에 출연하지 않으면 나도 출근하지 말래요. 우리 라디오 국장님이요, 흑흑흑!"

"채나 씨! 〈심야의 데이트〉 변 PD입니다. 우리 프로는 완전 깜깜할 때 시작합니다. 시간 되시죠?"

위 PD의 야지에도 아랑곳하지 않고 PD들이 계속해서 채나를 물고 늘어졌다.

"이것들이 진짜… 섭외를 하려면 정중하게 해, 자식들아! 니들 PD 맞아?"

위 PD 빽 소리를 쳤다.

"자자자! PD님들 여기서 이러시면 안 됩니다. 우리 '오 여사' 200회 특집 끝나면 그때 오시죠! 알았죠?!"

연필신이 박 PD 등을 밖으로 밀어냈다.

밀어내기 신공은 연필신이 채나의 매니저로 '우스타'에 출연할 때 이미 달인의 경지까지 익혔다.

"에헤헤헤! 그래그래. 방송 끝나고 얘기해."

채나가 사람 좋은 웃음을 흘리며 귀엽게 손을 흔들었다.

"약속한 겁니다, 채나 씨!"

"도망치시면 안 돼요!"

"미국이 그렇게 먼 나라가 아니라는 거 잘 아시죠?"

"응응!"

PD들이 채나가 못 미더운지 재삼재사 다짐을 받았다.

"가가가! 채나 씨 그만 괴롭히고 여기서 나가, 이 양아치들아!"

위 PD가 나머지 PD들을 쫓아버렸다.

"빨리 리허설하러 가시죠? 채나 씨!"

"헤헤, 그러자구."

채나가 위 PD 등과 출연진 대기실을 나섰다.

"미국물이 좋긴 좋은가 보네. 때지가 미국에서 활동하더니 많이 변했어. 예전 같으면 저 벌 떼 중에 반은 죽어 나갔을 텐데 지금은 거의 부처님 수준이야."

연필신이 채나의 뒷모습을 쳐다보며 고개를 갸우뚱했다.

역시 채나의 절친이었다.

채나를 정확히 읽었다.

채나는 세월이 흐르면서 용모가 바뀌었고 성격도 바뀌었다.

아직 불같은 성품의 잔재가 남아 있었지만 그 살벌하던 성

품은 좀처럼 찾을 수 없었다.

채나는 짱 할아버지가 그렇게 바랐던 완벽한 선문의 대종사가 되고 있었다.

팟!

정전이 된 듯했다.

조명 때문에 눈이 시릴 정도로 환하던 KBC 대공개 홀이 별안간 칠흑같은 어둠에 잠겼다

웅성웅성!

방청석에서 소란이 일었다.

거리에 전등불이 하나둘 켜질 때 지친 몸을 일으키고

어둠 속의 무대 위에서 노래 소리가 들렸다.

우르릉!

갑자기 대공개 홀이 지진이 난 듯 흔들렸다.

세상에 새벽길 그렇게 걷다가 사랑과 일을 만나

황금색 드레스에 머리를 틀어 올린 채나의 모습이 어둠 속을 비추는 보름달처럼 클로즈업됐다.

"으악— 교주님이시다!"

"교, 교주님이 납시었어!"

"갓 채나다—"

방청석에서 괴성에 가까운 탄성이 울려 퍼졌다.

길이 끝나는 곳에서 길은 시작되고… 그대는 허리케인 블루!

길이 없는 곳에서 길은 또 만들어지고… 그대는 허리케인 블루

채나가 무대 위를 거닐며 전 미국을, 아니, 전 세계를 감동의 쓰나미로 몰아넣었던 무반주 육성으로 노래를 불렀다.

중국의 청장고원을 흔들었던 그 사자후가 다시 KBC 대공개 홀에 출연했다.

채나의 정규앨범 '드라곤'의 타이틀 곡 '허리케인 블루' 였다.

파파팟!

잠시 후, 무대 위에 불이 켜지고 휘황찬란한 조명이 KBC 대공개 홀을 밝혔다.

빰빰빰! 통통통!

경쾌한 전주가 시작되고.

HEY DOCTOR! 혹시 거기 하얀 가운을 걸친 아저씨? 닥터 신가요?

HEY DOCTOR! 너는 나의 빛이다 나의 사랑아!
HEY DOCTOR! 너는 나의 행복이다 나의 사랑아!

채나 특유의 맑고 차가운 목소리가 뒤따랐다.

채나가 코믹한 오리 춤을 추면서 노래를 불렀다.

반주는 KBC 전속 악단이 했다.

채나의 정규앨범 '드라곤'에 실린 헤이 닥터(HEY DOCTOR)였다.

타이틀곡인 '허리케인 블루'를 밀어내고 지금까지 빌보드 차트 1위를 고수하고 있는 노래.

통통통… 통!

채나가 반주에 맞춰 아주 귀엽게 노래를 끝냈다.

"오랜만에 뵙네요, 안녕하세요! 김채나……."

"우아아아아! 교주님! 교주님! 우리 교주님!"

"김채나! 김채나! 김채나! 김채나!"

채나의 인사가 끝나기도 전에 대공개 홀을 꽉 메우고 있던 방청객들이 일제히 자리를 박차고 일어나 채나를 연호했다.

멋진 데자뷰였다.

채나가 '우스타'에 출연했을 때 열광하던 그 광경을 다시 보는 듯했다.

짝짝짝짝짝!

"김채나! 김채나! 김채나!"

환호가 잦아들 무렵 천둥 같은 박수 소리가 이어지고 또다시 연호가 시작됐다.

이곳에 모인 방청객들에게 채나의 등장은 너무 뜻밖이었고 너무 반가웠다.

실은 채나가 월드 투어 와중에 한국에 온 것은 현임 대통령과 후임 대통령 두 대통령의 간곡한 부름 때문이었다.

게다가 채나가 한국의 음악 방송 프로에 출연한 것은 오디션 프로인 KK팝 이후 처음이었다.

한국에 있는 채나 교도들이 채나를 얼마나 보고 싶어 하는지 미국의 LA 텍사스까지 쫓아갔다.

그토록 목메어 기다리던 교주가 오늘 개뜬금없이 '오 여사'에 게스트로 출연했으니…….

방청객 대부분이 채나 교도였기에 KBC 대공개 홀이 뒤집힐 수밖에 없었다.

"우리 갓 채나는 앞으로 두 시간 동안 저와 함께 이 무대에 계실 겁니다. 절대 어디로 도망가지 않습니다. 잠시 진정해 주시죠, 여러분! 저도 밥값은 해야지 싶네요."

"와하하하하!"

연필신이 방청객들의 환호가 약간 가라앉았을 때 잽싸게 끼어들었다.

"고맙습니다. 지금부터 KBC 1라디오 '오후를 여는 사람들' 200회 특집 공개방송을 시작하겠습니다."

짝짝짝짝!

연필신이 오프닝 멘트를 하자 우레와 같은 박수가 쏟아졌
고.

"저는 고품격 개그우먼 연필신이구요. 저를 도와서 진행해
줄 요즘 잘나가는 개그우먼 이갑숙 씨 자리해 주셨습니다."

"안녕하세요! 노래, 연극, 개그 뭐든지 다 되는 이갑숙입니
다."

이갑숙이 '개판'에서 대사를 까먹어 욕먹을 때와는 다르
게 여유 있게 자신을 소개했다.

"특히 오늘 200회 특집 '오 여사'는 KBC, 1TV와 동시에 방
송한다는 점! 이 점 꼭꼭 강조하고 싶습니다."

"우와아아! TV에서도 방영을 한대?"

"굉장하다, '오 여사!'"

"다들 아시겠지만 '오 여사' 청취율이 우리나라 모든 라디
오 프로그램 중에서 삼 위 안에 들고 있습니다. 에헴!"

연필신의 '오 여사'의 청취율을 밝히면서 큰 기침을 했다.
바로 그때, 서 작가가 큼직한 회색 보드 판을 들어 올렸고.

지금 KBC에 오셔도 입장이 안 됨. 라디오 청취 혹은 TV 시청!

이런 글씨가 휘갈겨 있었다.

"이히히히! 갓 채나 때문에 대한민국이 또 난리가 났나 보

네요. 근데 지금 우리 방송사에 달려오셔도 입장이 안 돼요. 갓 채나 퇴근길도 지켜보지 못하시구요. 갓 채나께서 이 방송이 끝나는 대로 헬기를 타고 다음 장소로 이동하시거든요. 아쉽지만 라디오를 청취하시거나 TV로 갓 채나를 만나세요. 죄송합니다."

연필신이 노련하게 안내 멘트를 끝냈다.

채나가 아예 헬기로 이동할 것이라고 뻥을 쳤다.

아니, 뻥이 아니라 실제 채나는 방송이 끝나는 대로 KBC 헬기로 움직일 예정이었다.

도끼를 마음대로 휘두르는 그 여자! 그 이름은 김채나!

"환청인가요? 어디서 채나 송이 들려오는 것 같군요."

연필신이 웃으면서 멘트를 이어갔고.

채나 송은 바로 KBC 주위에 모여든 채나 교도들이 외치는 소리였다.

도끼를 마음대로 휘두르는 그 여자 그 이름은 김채나 성난 김채나

같은 순간, 대공개 홀에 있던 방청객들도 일제히 채나 송을 부르기 시작했다.

"네네네! 알겠습니다. 잠깐만, 잠깐만 참아주세요. 그렇게 하시면 방송이 안 되잖아요? 정말 정말 어렵게 어렵게 갓 채나를 모셨는데 노래도 듣고 말씀도 들어야죠. 갓 채나가 화가 나서 가버리시면 어떡하죠?"

…….

거짓말처럼 방청석이 조용해졌다.

"여러분들 보셨나요? 제 옆에 앉아 계신 분. 오늘 게스트는 누구??"

"갓 채나! 교주님입니다."

연필신이 분위기를 바꾸려는 듯 옥타브를 올렸다.

방청객들이 말 잘 듣는 참새 떼처럼 합창했다.

"맞습니다! 제가 오래전에 약속드렸죠? 오늘 나오실 게스트를 맞춰주시는 두 분께는 멋진 선물을 드리겠다고. 모두 몇 분이 응모하셨죠? 갑숙 씨!"

연필신이 자연스럽게 이갑숙에게 마이크를 돌렸다.

"정말 깜짝 놀랐습니다. '오 여사' 청취율이 높다는 것은 알았지만 이렇게 높을 줄은 꿈에도 몰랐습니다. 무려 153만 명! 정확히 152만 9,765명이나 되는 청취자들께서 엽서를 보내주셨어요."

이갑숙이 열심히 연습한 듯 발음하기 어려운 숫자를 정확히 밝혔다.

"그분들 중에서 게스트 이름을 정확히 맞추신 분이 몇 분이죠?"

"유감스럽게도 겨우 마흔 세 분이십니다!"

"에게? 고작 43명?"

"우우우우우! 에에에에!"

연필신이 혀를 쏙 내밀며 너스레를 떨자 방청객들이 웃으면서 아유를 보냈다.

이곳에 모인 방청객들이나 전국의 채나 교도들이나 오늘 채나가 '오 여사'에 게스트로 출연할 것을 예측한 사람은 아무도 없었다.

채나는 당장 이번 주 토요일 오후에 미국 미시건대학 스타디움에서 15만 관중을 모아놓고 공연을 해야 한다.

그 스케줄은 오래전부터 인터넷에 떠 있었다.

"이분들도 거의 장난으로 맞추셨어요."

이갑숙이 웃으면서 엽서를 펼쳤다.

"7890님! 김채나였으면 얼마나 좋을까? 이렇게 써주셨구요. 1345님은 우리 존경하는 교주님이 나오셨으면 정말 좋겠네, 정말 좋겠네. 이렇게 보내셨네요."

"모두 자신 없게 쓰셨군요. 어쨌든 김채나나 교주님이라는 라는 세 글자만 들어가 있으면 모두 맞춘 걸로 해드렸습니다. 자! 그럼 갓 채나께서 추첨을 해주시고 다음 순서로 넘어가 볼까요."

연필신이 부드러운 목소리로 채나에게 바통을 넘겼다.

"쩝! 실망이네요. 150만 명이 넘게 응모하셔서 제 이름을 맞춘 분이 고작 40명 남짓이라니?"

"이히히히! 아무래도 빌보트 차트 줄 세우기를 다시 한 번 하셔야 될 것 같네요?"

"와아아아아!"

"김채나! 김채나! 김채나!"

연필신의 입에서 빌보트 차트라는 말이 떨어지기 무섭게 방청객들이 다시 김채나를 연호했다.

"헤헤헤! 제 이름도 맞추지 못한 분들이 목소리는 엄청 크시네요."

"아하하하하!"

채나의 너스레에 방청객들이 뒤집어졌다.

"그리고… 상품은 갓 채나께서 직접 준비해 오셨죠?"

"네! 아직도 저를 기억하고 계신 두 분께……."

"우우우우우, 교주님 나쁘다!"

"갓 채나! 빨리 한국에서 공연해요!"

방청객들이 사랑의 야유를 보냈고.

채나가 즉시 상품을 발표했다.

"제가 개인적으로 제작한 정규 1집의 플래티넘 음반을 한 장씩 드리겠습니다."

"꺄악— 로또다!"

"전 세계에 딱 백 장밖에 없다는 음반이야."

"우후… 정말 갓 채나의 백금 앨범, 플래티넘 음반을 준비하셨습니까?"

방청객들이 탄성을 질렀고 연필신이 뾰족한 음성으로 확인했다.

"헤헤헤! 제가 쏠 때는 확실하게 쏘잖아요."

"흥! 그 플래티넘 음반은 나도 주지 않았잖아? 이 때지 스키야!"

"까르르르르!"

돌연 연필신이 진짜 열이 받았는지 말투가 확 바뀌며 벽력같이 고함을 질렀다.

방청객들이 자지러졌다.

방청객들은 연필신과 채나가 절친이라는 것을 잘 알고 있었다.

두 사람이 연극을 하는 것으로 착각했다.

하지만 연필신은 정말 화가 났다.

채나에게 플래티넘 음반을 달라고 조르자 한 장도 없다고 구라를 쳤기 때문이다.

실은 지금 상품으로 내 놓은 플래티넘 음반은 채나가 오늘 연필신을 주려고 가지고 왔다.

깜박 잊고 상품을 준비하지 않았기에 즉흥적으로 내놓은 것이다.

"미안, 미안! 연필신 씨는 나중에 드릴게요."

"나 꼬부랑 할머니 됐을 때?"

"으흐흐! 빨리 상품 추첨이나 하시지요."

이갑숙이 연필신이 계속해서 불퉁거리자 얼른 치고 나왔다.

"죄송합니다. 친구 놈이 쌩까는 바람에 너무 화가 나서 구로동 꺽다리 아줌마가 됐네요."

"와하하하하!"

연필신이 급사과를 했고 방청석에서 다시 폭소가 터져 나왔다.

"일단 이 원한은 나중에 풀도록 하고 엽서나 뽑아주세요, 갓 채나!"

둥둥둥!

무대 뒤에서 북소리가 들리고 채나가 엽서 두 장을 뽑아 연필신에게 건넸다.

"저는 이런 거 읽을 때 다른 분들처럼 뜸 들이지 않습니다. 어떤 방송들을 보면 이럴 때 무지하게 약 올리는데 전 그렇게 하지 않겠습니다. 잠시 광고 듣고 와서 발표하겠습니다."

"으흐흐흐흐!"

방청객들이 뒤집어졌다.

그리고… 정말 광고가 나갔다.

채나와 연필신이 헤드폰을 벗었다.

"김 국장!"

바로 그때, OP석에 앉아 있던 이영래 사장이 일어서며 김 국장을 호출했다.

김 국장은 전 국민 오디션 프로 KK팝의 CP였던 김기영 PD를 말했다.

지독하게 까칠해서 소련의 독재자 스탈린에 비유해 김탈린으로 불리던 남자.

지금은 KBC 예능본부 1국장이었다.

"예, 사장님!"

"바닥 반응은 어때?"

이영래 사장이 김 국장에게 '오 여사'의 TV 시청률을 물었다.

요즘은 TV 시청률을 실시간으로 확인할 수 있다.

"방금 순간 시청률이 80%를 넘었습니다."

"파, 팔십 프로?! 초대박이 터졌구만."

"예! 마치 전쟁이 터진 것 같습니다. 길을 가던 사람들이 모두 걸음을 멈춰 서서 우리 TV와 라디오를 듣고 있답니다. 김채나 씨 팬들이 계속해서 우리 KBC정문 앞으로 몰려들고 있구요. 만약 김채나 씨가 이대로 사라지면 폭동이 일어날 기세랍니다."

"하아, 그래? 채나야!"

이영래 사장이 이번에는 채나를 불렀다.

"아무래도 안 되겠다. 방송 끝나면 정문에 나가 모여 있는

네 팬들에게 간단히 인사라도 하거라!"

"헤헤! 나도 그럴 생각이야. 내가 보고 싶어서 여기까지 쫓아온 팬들인데 왜 헬기를 타고 도망가? 여차하면 여의도 공원이나 한강 고수부지에서 미니 콘서트 한 번 하지 뭐!"

"역시 갓 채나다."

이영래 사장이 흐뭇한 미소를 머금으며 채나를 토닥였다.

"시간에 구애받지 말고 준비된 방송을 모조리 내보내. 위 PD!"

"알겠습니다, 사장님"

"결방된 프로들 자막 빠짐없이 내보내! 김 국장, 스폰서들이 불만 품지 않도록 공평하게 광고 내보내는 거 잊지 말고."

"예! 사장님."

"수고들 해."

이영래 사장이 본부장들과 함께 자리를 떴다.

이날 저녁.

채나는 정말로 미니 콘서트를 열었다.

장소는 여의도 공원이었고.

구름처럼 몰려온 채나 교도들이 여의도가 떠나가라 열광했다.

현재 대한민국의 주인은 국민이 아니라 채나였다.

                    *   *   *

　서울 시민 걷기 행사라도 벌어진 것일까?
　백 개, 천 개, 아니, 만 개는 족히 될 듯한 우산 행렬이 꼬리
에 꼬리를 물고 한강둔치 옆으로 길게 이어진 서울 올레 길을
걸어가고 있었다.
　빨강 우산, 파란 우산, 노란 우산, 찢어진 우산까지.
　반짝이는 가로등 아래 촉촉이 쏟아지는 봄비를 맞으며.
　……．
　어느 한순간, 우산 행렬의 선두가 멈췄다.
　따라오던 우산 부대들도 약속이나 한 듯 일제히 멈췄다.
　"여기가 어디야?"
　"저기 보이는 다리가 영동대교입니다, 회장님!"
　"하염없이 걷고 있네. 밤비 내리는 영동교… 그 영동교?!"
　"우후후, 예!"
　채나가 가수답게 노랫말로 위치를 물었고 방그래가 우산
을 받쳐 든 채 웃으면서 대답했다.
　"내가 얼마나 걸어 온 거냐, 방 부장?"
　"여의도부터 두 시간쯤 걸어오셨습니다."
　"미친다. 내 괴벽이 또 도졌어!"
　자기만의 세계에 빠지면 주위를 완벽하게 잊어버리는 것.
　괴벽이라는 표현이 딱 맞는 이 버릇은 아는 사람은 다 아는

채나 특유의 습성이었다.

사격이나 노래 연습을 하는 채나를 지켜보면 그 공포의 괴벽을 쉽게 목격할 수 있다.

한번 필 받으면 천 발 이상을 쏴야 사격을 멈췄고 노래를 시작하면 이박 삼일은 다반사였다.

오늘도 채나는 KBC에서 '오 여사' 공개방송을 마친 뒤 여의도를 꽉 메운 채나교도들의 활화산 같은 영접 속에서 인천국제공항에서 하지 못했던 귀국 인사를 여의도 공원에서 다섯 곡의 노래를 부르는 것으로 대신했다.

그 후, 무엇인가에 홀린 듯 여의도 선착장 쪽으로 내려가 한강둔치를 따라 걷다가 지금 막 영동대교 앞에서 정신을 차렸다.

"히이… 무슨 생각을 그렇게 깊게 했어?"

빨강 우산을 든 연필신의 삼십 분 동생 연필심이 미소를 지었다.

"팬들 생각. 라디오에서 내 목소리를 듣자마자 수원에서 대전에서 심지어 제주도에서까지 날아오셨다니. 참나, 그것도 선물까지 바리바리 싸들고 말야."

"……"

"그분들을 뵈니까 너무너무 죄송하더라고! 그동안 스케줄이 어쩌구 하면서 몰래 한국에 다녀갔던 것이 영 찝찝해."

"그렇게 하지 않으셨다면 회장님을 기다리시는 또 다른 팬

들을 뵐 수 없었을 겁니다. 그분들 또한 회장님의 귀중한 팬
들입니다."

"맞아! 교주님 바쁜건 세상 사람들이 다 알잖아? 팬들을 얼
마나 끔찍하게 여기는지도 다 알고. 그래서 팬들이 더 교주님
께 열광하는 거야. 팬들은 다 이해해."

채나가 몰려드는 팬들을 피해 숨바꼭질하듯 한국에 들어
온 것을 자책하자 방그래와 연필심이 열심히 위로했다.

실은 매니저인 방그래조차 눈치채지 못했지만 채나는 미
국에서 한국에 들어올 때부터 지금까지 기분이 영 좋지 않았
다.

신기하게도 채나는 두 명의 대통령의 부름을 받고 부랴부
랴 한국으로 왔다.

현임 김 대통령과 민광주 차기 대통령.

개인적으로 두 명의 대통령이 경쟁하듯 찾는다는 것은 큰
영광이었다.

그만큼 중요한 인물이라는 뜻이었으니까!

하지만 채나는 정반대였다.

내게 용건이 있으면 니들이 와. 왜 나를 오라 가라야? 짱나
게!

이것이 명령형 인간인 채나의 평소 지론이었다.

게다가 자신이 천거했음에도 불구하고 모영각 중사가 대
통령 경호실장이 되지 못하고 차장으로 낙점됐다는 것이다.

사실 장교나 장군 출신도 아니고, 교도소까지 다녀온 경력이 있는 예비역 중사가 대통령경호실 차장이 됐다는 것은 파격 중에 파격이었다.

채나는 또 반대였다.

내가 추천을 했으면 설사 간첩이라도 고맙습니다 하고 모셔 가야지 뭘 따져?

꼬추로 밤을 까라면 까!

이것이 어릴 때부터 선문의 대종사로서 조련돼 온 채나의 제왕적 사고방식이었다.

이즈음 채나는 세계 최고의 슈퍼스타에 세계 제일의 부자 소리까지 들었다.

슈퍼 갑까지는 아니더라도 갑 중에 갑은 된 줄 알았다.

현실은 여전히 최고 권력자들 앞에서는 을의 신분이었기에 기분이 더러웠던 것이다.

아이러니하게도 팬들은 그렇지 않았다.

분명히 팬들이 갑이고 채나가 을이었건만 오늘 여의도에 몰려든 팬들처럼 어떤 조건도 없이 사랑을 줬다.

자청해서 을이 돼 줬다.

막대한 돈과 시간을 쏟아부은 사람들에게는 을의 신분이었고 아무것도 해준 것이 없는 사람들에게는 갑이 되어 있었으니……

의리를 인간의 최고 덕목으로 치는 채나는 팬들에게 너무

미안했기에 여의도에서 영동대교까지 걸어오면서 대오각성을 했다.

채나를 슈퍼스타에서 업그레이드시켜 울트라 슈퍼스타로 만드는 결정적인 계기였다.

"근데 연필신… 넌 왜 여기 있어? '개판' 녹화 있다며?"

"나쁘다, 채나 언니! 필신 언니랑 아직도 헛갈리는 거야? 나 필심이잖아."

"익!"

"쿡쿡쿡!"

채나가 화들짝 놀랬고 방그래가 킥킥댔다.

"맞네! 분위기가 깡패 같지 않고 지적인 걸 보니 동생 필심이가 맞아."

"그, 그렇게 말하지 마, 언니. 필신 언니가 싫어한다니까!"

"싫고 뭐고, 뭐 하러 여기까지 쫓아왔어? 골골이가 감기 걸리면 어쩌려고, 임마."

"히히… 필신 언니가 언니 따라가서 플래티넘 CD 받아오래."

"이게 까마귀 고기를 삶아먹었나? 아까 공개방송 할 때 나중에 준다고 분명히 말했는데."

"언니 표정을 보니까 장난이 아니야! 진짜 갖고 싶은가 봐."

"하여튼 이놈의 오지랖이 문제야. 괜히 플래티넘 CD는 찍어서 개고생을 하네."

채나가 툴툴댈 만했다.

지인들에게 인사를 겸해서 돌린 채나의 정규앨범 1집 플래티넘 CD는 연필신뿐만 아니라 탐내는 사람이 너무 많아서 백 장이 아니라 백만 장을 찍어도 부족했다.

하지만 연필심이 채나를 따라온 것은 플래티넘 CD 때문이 아니었다.

얼마 전 사법고시 최종합격자가 발표 됐고 연필심은 당당히 수석으로 합격했다.

그 일을 자랑하고 싶어서 채나를 쫓아왔다.

정말 자랑스럽게도 연필심은 고시 삼 관왕을 눈앞에 두고 있었다.

"이리 와! 골골이."

"왜애?"

"축하해. 사법고시 수석 합격!"

쪽!

채나가 연필심을 꼭 끌어안으며 얼굴에 뽀뽀를 했다.

연필심의 얼굴이 확 달아올랐다.

금방이라도 심장이 튀어나올 듯 쿵쾅거렸다.

그 누구의 축하 인사보다 기뻤다.

아주아주 사랑하는 애인이 뽀뽀를 해주는 것 같았다.

연필심은 이 뽀뽀를 받기 위해 채나를 쫓아왔는지도 몰랐다.

연필심도 박지은이나 금혜원이처럼 채나와 함께 있으면

여성이라는 정체성을 잃어버릴 만큼 채나의 보이쉬한 매력에
푹 빠져 있었다.

"후우… 나 사시 붙는 거 알고 있었어, 언니?"

연필심이 가볍게 한숨을 내쉬며 물었다.

"충북 영동에서 이장질 하는 남친이 미국으로 전화해서 하
루 종일 자랑하더라!"

충북 영동에서 이장질 하는 남친.

쌍둥이 자매의 아빠인 연대희 이장이었다.

"아후, 아빠는 정말!"

"헤헤, 사시 합격이 하늘의 별따기라며? 그 어려운 시험에
서 일등을 했는데 자랑할 만도 하지 뭐."

꼬르르룩!

태어나서 한 번도 틀리지 않은 채나의 배꼽시계가 저녁 시
간을 알렸다.

"밥때다. 가자! 우리 골골이 사시 수석 합격을 축하하는 뜻
에서 내가 한턱 쏜다."

"히히, 고마워, 언니!"

"아, 그리고 모 영감!"

"예! 회장님."

이어 채나가 뭔가 생각난 듯 경호팀원들과 함께 자신을 에
워싸고 있던 모 중사에게 말을 건넸다.

"송별식 안 해?"

"허허허… 당장 가시지요."

"헤헤, 좋아! 근데 내일부터 모 영감하고 헤어진다고 생각하니까 기분이 묘하네."

톡!

갑자기 채나가 다람쥐처럼 길가에 놓여 있는 벤치 위로 올라갔다.

"OK! 모 영감의 무운장구를 비는 뜻에서 당신이 좋아하는 노래 한 곡 불러주지."

방그래와 연필신 등이 환성을 지르며 박수를 쳤다.

와아아아아! 짝짝짝짝짝!

곧바로 환성과 박수 소리가 흡사 바다를 가르는 파도처럼 저 멀리로 퍼져 나갔다.

박수 소리가 얼마나 요란한지 영동대교가 흔들릴 정도였다.

여의도에서 부터 채나를 쫓아온 우산 부대가 보내는 박수였다.

'교주님 퇴근길'을 배웅하기 위해 따라온 앞에 '광' 자가 붙은 채나교도였다.

"헉!"

채나가 이제야 상황을 파악하고 마른 비명을 터뜨렸다.

한번 괴벽이 발동하면 엄마인 이경희 교수가 코앞에 있어도 모른다.

아니, 평소 때라도 누가 뒤따라왔는지 몰랐을 것이다.

우산까지 든 경호팀이 이중 삼중으로 에워싸고 있었으니까!

"헤에… 아직도 안 간 거야?"

채나가 뒤쫓아 온 팬들을 보고 기분이 좋아졌는지 반말이 튀어나왔다.

"네에에— 교주님! 교주님 가시는 모습을 보려고요!"

"우린 신경 쓰지 마세요, 교주님! 지금 너무너무 행복하답니다."

"교주님하고 이렇게 밤새 쭈우우우욱 걷고 싶어요!"

"김채나! 김채나! 김채나!"

채나교도들이 다시 아우성을 치며 영동대교가 무너져라 연호를 했다.

"마침 잘됐네."

채나가 미소를 지으며 벤치 위에서 손을 가볍게 흔들었다.

채나교도들이 연호를 멈췄다.

"내가 아주 사랑하는 친구가 있어. 나보다 나이가 훨씬 많은데 여러분처럼 내 열렬한 팬이야. 내일부터 쉽게 만나지 못해. 그 친구가 좋아하는 노래가 있어. 여러분 앞에서 그 노래를 불러주는 것으로 내 섭섭한 마음을 대신 전할까 해."

"……!"

채나가 모 중사에게 노래로써 작별 인사를 했다.

모 중사가 울컥했다.

"곡목은 거꾸로 흐르는 강물을 따라서!"

"와아아아아!"

우산을 쓴 채 지켜보던 채나교도들이 재차 박수와 함께 환성을 터뜨렸다.

걱정하지 마! 너는 아무 잘못도 없어 그냥 그렇게 살아가
그건 실수였다고 말하잖아. 어제처럼 살아가라고 말하잖아
네가 원했던 그 꿈을 찾아서 그냥 행복하게 살아가

작년에 빌보드 차트를 8주 동안이나 점령했던 전형적인 락 발라드 풍의 노래.

비트가 빠르지 않아서 따라 부르긴 쉽지만 클라이맥스 부분이 무시무시한 하이노트여서 대부분의 팬이 삑사리를 내는 노래.

모 중사가 기무사 사복요원에게 보컬 트레이닝을 받았던 노래.

채나가 자신을 위해 불러줬다고 생각했던 노래.

진짜 지금 채나가 모 중사를 위해서 그 노래를 불러줬다.

그리 긴 시간은 아니었지만 아빠처럼 정성스럽게 보살펴 줬던 모 중사를 경호실장으로 만들어주지 못했다는 것이 마음에 걸렸다.

그래서 채나는 더욱더 열심히 노래를 했다.

봄비가 소록소록 내리는 밤에······.

잠시 후, 채나의 노래가 끝났다.

깊숙이 눌러쓴 모 중사의 우산 속에서 빗물이 흘러내렸다.

눈물 같기도 했다.

와아아아아! 짝짝짝짝!

다시 환호와 박수가 이어졌고.

"들어줘서 정말 고마워. 모두 조심해서 가!"

채나가 힘차게 두 손을 흔들었다.

"네에에에에— 안녕히 가세요, 교주님!

"교주님! 하루빨리 한국에서 콘서트 해주세요! 꼭요, 교주
님!"

"교주님의 노래 선물 영원히 기억할게요. 다음에 뵙겠습니
다."

채나교도들도 같이 인사를 했다.

염성룡이 몸을 가늘게 떨고 있는 모 중사를 힐끗 쳐다봤다.

뭔가 눈치를 채고 모 중사 대신 경호팀원들에게 사인을 보
냈다.

빨리 차를 대기시키라는 신호였다.

6장

비자금

오색등 네온사인이 속삭이는 서울의 강남.

고급 승용차 다섯 대가 신사동 예술가의 거리에서 멈췄다.

강남에서 꽤나 유명한 쌍둥이 빌딩, CNA 트윈타워 앞이었다.

모 중사를 비롯한 채나의 경호 팀원들이 승용차에서 쏟아져 나왔다.

삼엄한 경호 속에서 방그래가 우산을 받쳐 든 채 재빨리 승용차 문을 열었고 채나가 내렸다.

"피곤하시죠? 회장님!"

"어서 오십시오, 회장님!"

채나의 조카인 일중이와 미중이의 엄마, 해군 특수전여단에 근무하는 김용호 준위의 부인.

지금은 ㈜CNA투자금융의 재무담당 전무이사로서 근무하는 맹순덕 여사가 정장을 걸친 십여 명의 남녀와 함께 채나를 반갑게 맞았다.

"헤헤, 잘 있었어, 맹 전무?"

"네에! 회장님."

"근데 밥을 먹다 말았더니 찝찝하다, 언니!"

채나가 올케 언니인 맹순덕을 보자마자 인상을 쓰며 밥 타령을 했다.

밥 타령을 할 만도 했다.

모 중사의 송별식을 겸한 식사 자리에서 막 한우 갈비 한 대를 입으로 가져갈 때 피대치 회장으로부터 급한 연락이 와 부랴부랴 이곳으로 달려왔다.

세 군데나 잡혀 있는 저녁 약속을 몽땅 취소하고.

한데 표정과 달리 채나의 목소리는 유난히 찰졌다.

지금 채나가 들어서고 있는 이 건물 때문이었다.

일명 김채나 빌딩으로 불리는 서울 강남의 CNA 트윈타워.

작년에 채나가 EMA와 음반 계약을 맺은 후 ㈜SIS의 오 사장을 통해 사들인 그 건물이었다.

연필신과 함께 장부 정리를 하다가 잠깐 나가서 찐빵 사오 듯 사온 빌딩.

이 쌍둥이 빌딩의 주인은 채나였다.

"어서 올라가세요! 그러잖아도 아까 황제도시락의 김 사장님이 다녀가셨어요."

"김 사장이?!"

"네에! 회장님께서 좋아하시는 음식들을 잔뜩 준비해 주고 가셨어요."

"역쉬 김 사장이 짱짱맨이야. 대한민국에서 제일 멋있는 남자!"

채나가 황제도시락의 김 사장을 찬양하며 맹순덕과 함께 트윈타워의 로비로 들어섰다.

"……!"

갑자기 채나가 눈을 깜박이며 맹순덕을 흘어봤다.

"지금 내 앞에 서 있는 여자가 남해 맹꽁이 아줌마 맞아? 아닌데? 어떤 잡지에서 봤던 그 세련된 여성 CEO잖아!"

"아휴… 회장님도 참!"

"오빠랑 주말 부부가 돼서 죽을상인 줄 알았더니 의외야!"

"후우, 저 결혼한 지 십오 년이 넘었어요. 데일 듯한 사랑도 식을 때가 됐죠."

"나랑 다른데? 난 울 신랑이 십오 년이 아니라 백오십 년 뒤에도 예쁠 것 같은데 말야."

"네에! 어디 십오 년 뒤에도 그렇게 말씀하시는지 지켜보겠습니다, 회장님!"

"에헤헤헤! 그래, 그래."

채나가 깔깔대며 맹순덕의 손에 매달려 실내를 걸어갔다.

채나 말대로 맹순덕은 달라져도 너무 달라져 있었다.

예전에 남해에서 만났던 맹순덕과 현재의 맹순덕을 비교하면 탈태환골(奪胎換骨)이라는 표현도 부족했다.

미국에서 커리어 우먼으로 맹활약 중인 김용순조차 게임이 안 될 정도였다.

얼마나 노력을 했는지 억센 경상도 사투리조차 세련된 서울말로 바뀌어 있었다.

후덕하면서도 지적인 분위기가 넘치는 전형적인 여성 CEO.

채나가 맹순덕을 그렇게 만들었다.

"㈜CNA에너지?! 저거 너무 과한 이름 아냐, 신 사장님?"

"무슨 말씀이십니까, 회장님? 동네 주유소도 에너지라는 이름이 붙은 곳이 많습니다. 장장 10억 달러를 투자한 회사입니다. 어떤 이름을 써도 과하지 않죠."

채나가 트윈타워 현관에 붙어 있는 현판을 바라보며 지적했고 뒤따라오던 눈썹이 유난히 짙은 중년 남자가 미소를 지으며 대답했다.

"헤헤! 그래?"

"가스라는 어휘가 약간 촌스러워서 에너지라는 이름으로 정했습니다."

"잘했어! ㈜CNA에너지 하니까 꽤 있어 뵈네."

제복을 걸친 예쁜 아가씨 두 명이 다소곳이 서 있는 안내 데스크 벽면에 수십 개의 회사 이름이 보기 좋게 새겨져 있었다.

그랬다.

채나는 그동안 벌어들인 막대한 돈으로 ㈜CNA골드 등 여러 회사를 설립했고, ㈜CNA투자금융을 통해 세계 굴지의 기업과 각종 부동산에 투자를 했다.

㈜CNA재단, ㈜CNA투자금융, ㈜CNA골드, ㈜CNA화학, ㈜CNA곡물, ㈜CNA에너지 등등⋯⋯.

방금 말한 ㈜CNA에너지는 러시아의 초대형 천연가스회사에 무려 10억 5,000만 달러를 투자해 이미 엄청난 수익을 거둬들이고 있었다.

㈜CNA화학은 케인의 신약 특허를 이용해 설립한 제약회사였고, ㈜CNA곡물은 채나의 후원자인 헬렌 월튼이 갖고 있던 미국의 메이저 곡물회사인 카길의 지분을 사들인 회사였다.

이 회사들의 사무실이 모두 CNA 트윈타워에 있었다.

맹순덕과 함께 채나를 마중 나온 남녀들은 이 회사 임원이었고.

이미 채나는 가수들 친목 회장이 아니라 거대 기업집단을 이끄는 총수가 되어 있었다.

명실공히 CNA 그룹의 회장이었다.

"피 회장하고 양똥 오빠 어디 있어?"

"회장님 방으로 안내해 드렸습니다."

"그쪽 사람들도 왔고?"

"네! 십 분 전쯤 도착해서 기다리고 계세요."

"피곤하네! 왜 이 밤에 날 보자는 거야? 낼 청와대에서 만나면 되지."

"아주 중요한 일이래요, 회장님."

"쳇! 중요한 일 좋아하시네. 세상에 밥 먹는 일보다 중요한 일이 있대?"

"호호호!"

채나와 맹순덕이 엘리베이터 안에서 도란도란 얘기를 나눴고.

잠시 후, 엘리베이터 문이 열렸다.

"어서 오십시오, 김 위원장님!"

"오늘 자주 뵙네, 울 교주님!"

피대치 회장과 양 변호사가 환하게 웃으며 인사를 했다.

"무슨 일이야? 그치들이 왜 나를 보재?"

"김 위원장님께서 선거 치르느라 고생하셨다고 김 대통령이 용돈을 준답니다."

"김 대통령이 내게 용돈을 줘?!"

"하하! 일단 만나보시죠."

채나가 눈을 가늘게 뜨며 피 회장 등과 함께 인테리어가 아주 잘된 사무실로 들어섰다.

김 대통령은 현임 대통령이었다.

"처음 뵙겠습니다. 청와대 사정수석 마중석입니다."

"청와대 부속실장 백호인입니다. 뵙게 돼서 영광입니다."

"청와대 경제수석 우화경이에요. 열렬한 채나교도랍니다."

"헤헤! 반갑습니다."

채나가 사람 좋은 웃음을 흘리며 브라운색 계열의 고급 가죽소파가 놓여 있는 화려한 거실에서 말끔한 정장 차림의 중년 남녀들과 악수를 교환하며 인사를 나눴다.

방금까지 도끼눈을 뜨던 채나는 오간 데 없었다.

접대용 웃음을 흘리는 정치가 채나만 있었다.

청와대 부속실장 부터 청와대 수석비서관들.

김 대통령의 수족들로 현재 청와대에서 근무하는 참모들이었다.

바로 현 정권의 실세들이었다.

이어 채나와 피 회장, 양 변호사가 마중석 수석 등과 찻잔이 놓여 있는 티크 목으로 만든 테이블을 가운데 두고 마주 앉았다.

뭔가 중대한 결정을 하는 분위기였다.

"죄송합니다. 아시다시피 제가 많이 바쁘답니다. 어서 용건을 말씀하시지요!"

채나가 신중하게 어휘를 골라 사용하며 채근했다.

"예! 먼저 김 대통령님께서 김 위원장님께 예전에 최 비서관 일은 대단히 유감스러웠다는 말씀을 꼭 전해 달라고 하셨습니다."

"헤에, 김 대통령께서 하신 일도 아닌데… 오래전에 잊어버렸어요."

마중석 수석이 최종열 비서관이 저질렀던 채나의 '우스타 하차 건'을 에둘러 사과했다.

채나가 옅은 미소를 띠며 흔쾌히 그 사과를 받아들였다.

결코 접대용 멘트가 아니었다.

채나는 정말 까맣게 잊었다.

우스타의 책임 PD인 백 부장 얼굴조차 가물가물했다.

곧바로 마중석 수석이 우화경 수석을 쳐다봤다.

우화경 수석이 채나 스타일에 맞춰 즉각 본론으로 들어갔다.

"미국 체이스 맨하탄 은행에서 발행한 100만 달러짜리 양도성예금증서(CD) 52장. 5,200만 달러입니다."

느닷없이 우화경 수석이 큼직한 대봉투를 채나 앞으로 밀어 놓았다.

양도성 예금증서란 말 그대로 남에게 양도할 수 있는 예금통장이다.

보통 예금통장과는 달리 이름이 없고 한 장으로 된 증서다.

무기명이어서 누구에게나 팔 수 있고 줄 수도 있다.

덕분에 지금처럼 출처를 밝히기 어려운 돈을 거래할 때 많이 사용한다.

이 증서가 등장한 첫 번째 이유도 검은돈을 끌어모으기 위해서였다.

그 금액이 몇천만 단위 이상이어서 평범한 서민들은 구경하기조차 힘들다.

"김 대통령님께서 전임 박 대통령님께 물려받은 통치자금입니다."

"통치자금이라구요……?"

채나가 통치자금이란 말이 생경한 듯 고개를 갸우뚱했다.

연예인 김채나로서는 처음 듣는 말이었다.

통치자금!

간단히 말하면 정치자금이요, 쉽게 말하면 비자금이다.

예전에 우리나라 전직 대통령의 통치자금이 까발려져서 나라가 발칵 뒤집힌 적이 있었다. 지극히 조심해서 다루지 않으면 핵폭탄이 되어 세상의 모든 것을 날려 버리는 살벌한 돈이다.

"원래 5,000만 달러를 인수받았습니다. 그동안의 이자가 보태져서 5,200만 달러가 됐죠. 일단 확인해 보시지요, 김 위원장님!"

마중석 수석 등이 이곳에 오기 전에 입을 맞춘 듯 아주 일목요연하게 얘기했다.

"확인하기 전에 한 가지 여쭤보죠. 왜 하필 제게 이 돈을 주시는 건가요?"

채나가 잠시 배고픈 것을 잊고 정치가로서의 촉을 발휘하기 시작했다.

"김 대통령님께서 꼭 김 위원장님께 인계하라는 엄명을 내리셨습니다."

"김 위원장님이 민광주 대통령 당선자의 최측근이시니까요!"

"민광주 캠프의 정치자금을 담당하셨구요."

채나의 질문에 마중석 수석 등이 다시 준비된 대답을 했다.

"큭큭… 말 된다!"

"세계 제일 부자라는 김 위원장님께 비자금을 전달하면 최소한 배달 사고는 없겠죠."

"678정신회 개털들에게 넘겨봐? 구더기 떼처럼 달려들어 정신없이 빨아먹을 거야!"

양 변호사와 피 회장이 적나라한 코멘트를 날렸다.

"굳이 부인하지는 않겠습니다."

"두 분이 말씀한 그대로입니다."

마중석 수석과 우화경 수석이 간단히 인정했다.

전직 대통령들이 사용하던 통치자금의 인수인계!

바로 이 일 때문이었다.

현임 김 대통령이 청와대 행사를 명분으로 채나를 급거 한국으로 불러들인 이유였다.

대통령 선거가 마무리된 지금, 김 대통령이 관리하던 통치자금을 대통령 당선자인 민광주 대통령에게 비밀리에 넘겨주기 위해 채나를 찾았다.

김 대통령이 사용하던 통치자금을 인계해 줄 만큼 민광주 캠프에서 신용할 수 인물은 딱 한 명밖에 없었다.

채나였다.

김 대통령은 민광주 캠프의 중추 세력인 678정신회 사람들을 일당을 벌기 위해 정치판을 기웃거리는 정치노가다 꾼으로 취급했다.

또 채나는 오늘 밤이 아니면 시간이 없었기에 피 회장이 급히 연락을 해 자리를 만들었고, 혹시 하는 마음에 법률가요 채나의 핵심 측근인 양 변호사를 동석시켰던 것이다.

"대강 상황을 짐작하겠네요."

채나가 이제야 확실하게 감을 잡고 고개를 끄덕였다.

한국으로 자신을 부른 김 대통령의 뜻을 이해하고 기분이 점차 풀어졌고.

"근데 겨우 5,200만 달러입니까?"

"예에?!"

채나가 겨우라는 표현까지 쓰며 통치자금 액수가 적다는

뉘앙스를 풍기자 마중석 수석 등이 아차 했다.

뭔가 상대를 잘못 골랐다는 느낌이었다.

"일국을 통치했던 대통령의 비자금이 우리나라 돈으로 600억 정도라면 너무 약소한 거 아닌가요? 게다가 한 분도 아니고 두 분 대통령께서 관리하셨던 비자금이라면서요?"

"그, 그게 구체적인 액수는 우리도 모릅니다."

"김 대통령님께서 주신 돈을 전달하는 것뿐이니까요."

미화 5,200만 달러 한화 약 600억 원.

아무리 정치자금이라고 해도 일반 상식에 비춰 결코 적은 돈이 아니었다.

아니, 어마어마한 금액이다.

일반 사람들의 입장에서 그렇다는 말이다.

채나같이 특별한 사람들은 정색까지 하면서 적다고 타박을 한다.

마중석 수석 등의 예감이 적중했다.

상대를 골라도 대단히 잘못 골랐다.

대체 세계 제일의 부자 소리를 듣는 사람에게는 얼마의 돈을 건네야 만족할까?

몇조 원을 건네줘도 흡족해하지 않을 것이다.

채나의 신용도만을 생각했지 경제적인 개념을 무시한 결과였다.

"뭐… 알겠습니다."

채나가 접접한 표정으로 테이블 위에 놓인 봉투를 피 회장에게 건네줬다.

맞는지 세어보라는 뜻이었다.

"근데 조건이 뭐죠? 아무 조건도 없이 주시는 돈은 아닐 테구!"

"……!"

이번에는 양 변호사가 당황했다.

지금 옆에 앉아 있는 사람은 연예인 김채나가 아니었다.

말투로 미뤄보면 오래전에 정치에 입문한 유단자 같았다.

"김 대통령님이 퇴임하시면 전직 대통령으로서의 예우를 확실하게 갖춰줬으면 합니다."

"가능하면 친인척분들을 건드리지 않았으면 하구요."

마중석 수석 등이 역시 준비해 온 600억 원짜리 용건을 지체없이 밝혔다.

"맞아? 피 회장."

"예! 100만 달러짜리 52장, 모두 5,200만 달러 맞습니다."

채나가 마중석 수석 등의 얘기를 듣다가 고개를 돌렸고, 피 회장이 재빨리 예금증서를 세어 수첩에 기록했다.

마중석 수석 등이 몇 가지 조건을 더 꺼냈다.

묘하게도 우리나라 역대 대통령들 가운데 말로가 좋은 사람이 거의 없었다.

퇴임 후 감옥에 가거나 지독하게 욕을 먹었다.

김 대통령의 측근들이 채나에게 들고 온 돈은 친인척과 측근들의 비리로 임기 내내 시달렸던 김 대통령이 민광주 대통령 당선자에게 보내는 일종의 보험료였다.

5년 만기 신변보장 상해보험.

"이 돈은 틀림없이 민 대통령님께 전달하겠습니다. 말씀하신 사항들도 확실히 전하구요."

"감사합니다, 김 위원장님!"

채나가 봉투를 든 채 또박또박 말했고 마중석 수석이 접대용 인사를 했다.

쓰윽!

동시에 채나가 비자금이 담긴 봉투를 마중석 수석 앞으로 밀어 놓았다.

"이건 제가 김 대통령님과 측근들에게 드리는 전별금입니다."

"흑!"

채나의 뜻밖의 발언에 마중석 수석이 마른 비명을 터뜨렸고.

"큭큭큭!"

양 변호사와 피 회장이 뭐가 우스운지 고개를 숙인 채 킥킥댔다.

"대신 부탁이 있습니다."

"마, 말씀하시죠!"

채나가 조건이라고 하지 않고 부드럽게 부탁이라는 말을 썼다.

점점 더 정치가의 진면목을 발휘하고 있었다.

"곧 〈우리 정부〉 측에서 대통령직 인수를 시작할 겁니다. 그때 좀 귀찮아도 찬찬히 인계해 주시기 바랍니다. 대한민국을 통치했던 선배님들의 국정 경험도 가감 없이 전해주시구요."

"걱정하지 마십시오. 최대한 협조하겠습니다."

"청와대에서 쓰던 휴지 한 장 버리지 않고 깡그리 인계하죠!"

채나가 전별금을 전하면서 마치 대통령 당선자 같은 포스로 당부를 했고, 김 대통령 측근들이 씁쓸한 표정으로 다짐을 했다.

"고맙습니다. 내일 청와대에서 뵙죠!"

채나가 가볍게 목례를 하면서 마중석 수석 등과 다시 악수를 나눴고.

함께 실내를 걸어 나가며 배웅을 했다.

"낄낄낄! 큭큭큭!"

양 변호사와 피 회장이 채나가 마중석 수석 등을 배웅하고 돌아올 때까지 계속해서 웃어댔다.

"왜?"

채나가 다가오며 불퉁거렸다.

"우리 교주님이 멋있는 줄은 알았지만 이렇게까지 멋있을 줄은 정말 몰랐어!"

"아주 잘하셨습니다, 김 위원장님! 존경합니다."

"개시키들! 지금 뉘 안전에서 돈질을 하는 거야?"

"아까 보셨습니까? 양 변호사님!"

"교주가 가지고 온 돈을 전별금이라고 다시 내줄 때 마 수석 똥 씹은 얼굴 되는 거?"

"미친놈들! 돈 몇 푼 들고 와서 조건은 진짜 어마어마하네요."

"……?"

사람은 누구나 자신의 수준에 맞춰 생각한다.

특히 오늘처럼 묵직한 상황에서는 더욱 그렇다.

채나는 정말 비자금이 적다고 생각해서 툴툴댔다.

민 대통령에게 전달을 할 때는 자신의 돈을 보태 천억쯤으로 맞춰 전달할 생각까지 하고 있었다.

또 김 대통령과 측근들에게 전별금을 준 것도 사실이었다.

이제 선거가 끝났기에 소원했던 양측의 관계를 복원시키기 위한 갸륵한 마음에서였다.

하나 마중석 수석과 양 변호사 등은 그렇게 생각하지 않았다.

채나가 비자금이 너무 적어 전별금이라는 명분으로 거절했다고 생각했다.

잔대가리 쓰지 말고 꼬불친 거 더 가져와. 개시키들아!

모두 이렇게 생각했다.

그래서 마중석 수석 등이 어쩔 줄 몰랐고.

양 변호사 등은 그것이 통쾌해서 지금 입에 거품을 물고 있었다.

이 자리에 있었던 그 누구도 채나가 정말 김 대통령과 측근들에게 수백억의 전별금을 줬다고 생각하지 않았다.

외계인의 생각을 지구인이 읽는다는 것은 애당초 무리수였다.

"또라이 새끼들! 사람을 띄엄띄엄 봐도 분수가 있지. 600억이 뭐야, 600억이?"

"그럼요! 마가 놈이 처먹은 것만 해도 1,000억이 넘는다는 소문입니다."

"저 마가 놈부터 잡아넣어야 돼. 저건 정부에서 하는 사업이라면 풀빵장사까지 개입했다는 인간이야."

"맞습니다. 게다가 선거 내내 우리를 죽이려고 별별 수를 다 썼잖습니까?"

"무슨 말이야?"

양 변호사와 피 회장이 마중석 수석을 마구 난자하자 채나가 더 이상 참지 못하고 입을 열었다.

"교주는 미국에 있어서 잘 모를 거야."

"저 다섯 년놈은 을사오적에 비견되는 놈들입니다. 김 위원장님!"

"경술년에 나라를 팔아먹은 역적들과 맞먹는 놈들이지."

"오죽하면 마중석이 별명이 이완용이를 빗대서 마완용이라고 하겠습니다. 아주 샅샅이 조사해서 죗값을 치르게 해야 됩니다."

"껍데기를 홀딱 벗겨서 저잣거리에 내걸어야 돼!"

"……!"

채나는 이제야 눈치를 챘다.

오늘 회동은 전별금 운운했던 자신의 의도와는 전혀 다르게 끝났다는 것을!

이곳은 권모술수와 중상모략이 난무하고 이합집산과 합종연횡이 날마다 펼쳐지는 정치판이었다.

채나는 아직 정치 유단자는 아니었다.

"저기… 회장님! 식사 준비 다 됐는데요."

"그래? 먹자구!"

맹순덕이 다가와 식사를 권하자 채나가 반색하며 벌떡 일어섰다.

방금 마중석 수석 등과 있었던 일은 우주 저편으로 사라졌다.

채나에게는 통치자금이나 비자금보다 밥이 먼저였다.

정치는 아흔아홉 번째쯤 있었다.

"에헤헤헤! 내가 좋아하는 소갈비부터 추어탕까지 몽땅 준비했네."

채나가 잘 차려진 식탁 앞에서 기분 좋게 웃었다.

소갈비 한 대를 입속에 우겨 넣을 때까지.

하지만 피 회장이 휴대폰을 든 채 다가온 후 웃음이 싹 가셨다.

"전화 좀 받아보시지요, 김 위원장님! 장군님이십니다."

"장군님? 어떤 장군님? 이순신 장군님, 김유신 장군님?!"

"큭큭큭! 하하하!"

채나가 삼촌인 국군 기무사령관인 이진관 장군이 전화를 했다는 것을 뻔히 알면서도 이순신 장군 등을 뱉으며 틱틱댔다.

채나는 뭐 먹을 때 말 시키는 사람을 가장 싫어한다.

전화는 아예 받지 않았고.

양 변호사와 피 회장이 그 사실을 익히 알고 있었기 폭소를 터뜨렸다.

"어디? 알았어, 밥 먹고 갈게!"

채나가 짜증스럽게 휴대폰을 받았고.

"뭔 소리야! 그 작자만 미국에서 왔나? 나도 미국에서 왔어. 기다리라 해."

짧게 통화를 한 뒤 피 회장에게 던졌다.

"진짜 여러 가지로 피곤한 날이구만. 수저만 들면 손님이 오네!"

벌컥벌컥!

채나가 열이 받는지 물을 대접으로 들이켰다.

"이러다 우울증 걸리겠어. 스타가 되고 돈을 많이 벌면 여행도 자주가고 맛있는 음식도 마음껏 먹을 줄 알았더니 점점 굶는 일이 많아. 여행은커녕 시장도 함부로 못 가고 말야."

"교주는 신경이 피아노 줄이라서 괜찮아!"

"그런 건 지구인이나 걱정하는 거지 외계인이 걱정할 필요는 없죠."

채나가 캐릭터와 어울리지 않게 신세한탄을 하자 양 변호사와 피 회장이 낄낄댔다.

"맹 전무! B타워에 UN오피스텔이라고 있나?"

채나도 반응을 기대하지 않은 듯 노타임으로 맹순덕에게 질문을 던졌다.

"아, 네… UN오피스텔에서 B타워 전체를 쓰고 있어요."

맹순덕이 잡채가 든 쟁반을 든 채 다가오며 대답했다.

"삼촌이 미국에서 손님이 오셨다구 2601호에서 보재."

"아후, 이 일을 어째?! 식사도 못하시고… 1층까지 내려가지 마시고 18층에서 건너가세요. 18층에 있는 하늘다리가 이 건물의 A타워와 B타워를 연결해 주고 있거든요."

"OK! 뭐해? 안 가?"

"우리도 가자구?"

채나가 퉁명스럽게 말을 뱉자 양 변호사의 눈이 커졌다.

"그래! 미국에서 오신 손님이 두 사람도 보고 싶대."

"대체 미국에서 온 손님이 누군데?"

"그걸 내가 알아?"

채나가 밥을 먹다만 것이 못내 아쉬운지 툴툴거리며 맹순 덕이 들고 있는 쟁반에서 잡채를 한 움큼 집어 입에 퍼 넣고 몸을 돌렸다.

자신을 약 올린 양 변호사와 피 회장을 물귀신처럼 잡아 끌고!

7장

훈장 수여

"하이— 채나!"

박지은의 둘째 오빠인 대검찰청 차장인 박영남 검사가 반백의 신사와 함께 UN오피스텔 26층 복도로 들어서다가 채나를 보고 손을 번쩍 들며 인사를 했다.

아주 경쾌한 채나식 인사였다.

하지만 말투에서는 지난번 신당동 떡볶이 집에서 석 달 치 점심값을 날린 원한이 새어 나왔다.

"헤헤! 내가 지난번에 떡볶이 좀 많이 먹었다구 삐졌구나. 풀어, 풀어, 오빠!"

채나가 박 검사의 가슴을 톡톡 치며 애교를 떨었다.

"나쁜 놈! 떡볶이를 그렇게 많이 사줬건만 음반 발매에 콘서트에 난리를 치면서도 CD 한 장을 안 보내? 오빠라고 부르질 말든가!"

박 검사의 원한은 떡볶이가 아니라 채나가 그동안 나몰했던 섭섭함에 있었다.

"이건 또 무슨 말이야? 마마 언니한테 플래티넘 CD를 보냈잖아! 파파 거하고 같이. 못 받았어?"

"저, 정말이냐? 그 수억 원짜리 플래티넘 음반을 내게 보냈어?!"

"하아— 또 배달 사고구만! 날 구박할 게 아니라 오빠 집안부터 단속해. 대검 차장검사면 뭐해? 절도범을 동생으로 두고 있는데."

"너, 진짜지? 지은이한테 아버님과 내 CD 보낸 거 확실하지?"

"전화 한 통이면 탄로 날 거짓말을 왜 해? 오빠한테 신세진 것도 있고 해서 지난번에 마마 언니가 미국에 왔을 때 분명히 줬어. 예쁘게 포장까지 해서 말야."

"이거, 이거, 국민배우 만만찮아요! 어쩐다? 일단 잡아넣고 조져?"

박 검사가 너스레를 떨었다.

"큭큭! 박 교수가 떼먹은 게 아니라 너무 바빠서 잊어버리고 전하지 못한 거예요, 선배님."

"자네는 빠져! 자넨 우리 막내 바라기잖아?"

양 변호사가 끼어들자 박 검사가 가차없이 잘랐다.

박 검사와 양 변호사는 같은 법조인이었고 서울 법대 선후배 사이였기에 평소에도 자주 연락을 하는 돈독한 사이였다.

"절도범은 나중에 잡고 나도 채나 양과 인사 좀 합시다."

이번에는 반백의 신사가 점잖게 끼어들었다.

"지난번에 인사드렸지, 채나? 경찰청장님!"

"헤헤! 역대 경찰청장님 중에서 가장 멋쟁이셔. 위트도 있으시고!"

"잘 봐줘서 고맙소, 채나 양! 부디 월드 투어 성공리에 마치길 빌겠소."

"감사합니다, 청장님!"

윤홍수 경찰청장이 채나에게 덕담을 건넸다.

윤 청장과 채나는 서울 코리아 호텔에서 발생했던 빅마마 저격 사건 덕분에 구면이었다.

이진관 장군과 함께 만나 북풍을 막아 달라고 부탁을 한 적도 있었고.

"우리 집 주소는 외우기도 쉽소. 성북구 성북1동 123번지요. 항상 집사람이 있으니까 언제든 택배를 보내도 괜찮소."

"에헤헤헤! 성북1동 123번지… 진짜 외우기 쉽네요. 조만간에 CD 보내드릴게요."

채나가 주어를 생략한 윤 청장의 용건을 쉽게 알아들었다.

"껄껄껄! 대단히 고맙소."

"윤 청장도 만만찮구만. 아주 자연스럽게 뇌물을 달라네."

"CD 한 장은 뇌물이 아니라 선물이요. 그렇지 않소 채나양?"

"그럼요, 헤헤!"

"윤 청장 입심을 누가 당하나? 빨리 들어갑시다!"

박 검사가 윤 청장을 째려보며 채나를 앞세운 채 UN오피스텔 2601호로 들어갔다.

윤 청장이 웃으면서 뒤를 따라갔고.

"재밌네. 기무사령관에 경찰청장, 대검차장까지 우리나라 정보기관의 수장이 몽땅 몰려왔어."

"무슨 일일까요?"

"글쎄요? 눈치로 봐서 나쁜 일은 아닌 것 같군요."

양 변호사가 어깨를 으쓱하며 피 회장과 함께 걸음을 옮길 때.

철컹! 철컹!

복도 양쪽에서 기분 나쁜 쇳소리와 함께 육중한 철문이 닫혔다.

동시에 복도에 켜져 있던 전등들이 일제히 꺼졌다.

"큭! 스파이 두목들은 신비한 걸 좋아하시지."

"음침한 것도 좋아하죠."

양 변호사와 피 회장이 깜깜한 복도를 돌아보며 쓴웃음을 흘렸다.

UN 오피스텔 26층은 안기부에서 운영하는 안가였다.

"이게 얼마만이냐? 채나."

"헤헤! 태평양 물이 엄청 좋은가 보다. 존이 완전 삼십 대 청년이 됐어."

"아핫핫핫, 그래?! 우리 귀요미가 세계 최고의 슈퍼스타가 되더니 말투까지 예뻐졌군."

금발에 초록색 눈동자의 중년 신사가 채나를 번쩍 안아 들며 호탕한 웃음을 터뜨렸다.

마치 한국전쟁 때 헤어진 딸을 다시 만난 것 같은 분위기였다.

목소리가 유난히 큰 금발의 신사는 바로 미국에서 온 손님이었다.

존 밴틀리트 미국 육군 대장.

미 육군 특수전 사령관과 중부군 사령관을 역임했고 주한미군사령관으로 한국에서 근무를 마친 뒤, 얼마 전까지 미 태평양군 사령관으로 재임 중이던 미 군부의 최고위층이었다.

무려 채나 공황장애에 시달리는 화이트 DIA 국장보다도 한 끗발 위였다.

채나가 한국마사회 사격단 선수 겸 코치로 입단할 때 입단식에 참석했던 미군장성이기도 했다.

"존 장군께서 보름 전에 미국 CIA국장이 되셨다는구나, 채나야!"

언제나처럼 검은 양복을 걸친 채나의 삼촌인 이진관 장군이 잔잔한 미소를 띠며 입을 열었다.

"와우— 그 유명한 CIA의 두목이 된 거야?"

"YES! 동북아시아 지도자들에게 취임 인사도 드릴 겸 한국에 왔다. 채나가 보고 싶어 이 장군께 떼를 썼지!"

"나도 보고 싶었어. 근데 뭐라도 먹으면서 얘기하자, 존! 배고파."

"아핫핫핫! 미스터 문?"

"예! 저 방으로 들어가시죠, 국장님!"

문학종 안전기획부장이 웃으면서 손짓했다.

'정보기관 대장들이 달려온 이유를 알겠군.'

'천조국의 초막강 조직, CIA 국장님께서 울 나라에 납시었어.'

양 변호사와 피 회장이 알 듯 모를 듯한 눈빛을 교환하며 걸음을 옮겼다.

그랬다.

너무도 유명한 미국의 정보기관.

세계 정보기관의 지배자라는 미 중앙정보국 CIA.

숱한 신화와 전설 속의 조직인 미 CIA 수장이 조용히 우리 나라를 방문했다.

CIA의 수장은 4성 장군 출신이 맡는 것이 관례였다.

또 수장에 취임하면서 전 세계의 우방 국가를 순방하는 것도 관례였고.

"핫핫핫! 헤헤헤!"

한데 안기부의 안가가 서울하고도 강남에 있어서 그럴까?

지금 웃음이 새어 나오는 실내는 아주 생뚱맞았다.

수천 권의 책이 빽빽이 꽂혀 있는 서가가 사방을 에워싸고 있는 서재였다.

소리가 밖으로 새어 나는 것을 막기 위한 조치 같았다.

그 서재 가운데 놓여 있는 원형탁자를 중심으로 채나와 존 국장 등이 둘러앉아 웃음꽃을 피웠다.

식사가 끝났는지 음식 접시 대신 칵테일 잔이 놓여 있었다.

"채나! 어떻게 내 플래티넘 CD도 배달 사고가 난 건가? 아직도 우리 집에 도착하지 않았어."

한순간 존 국장이 칵테일 잔을 든 채 의미심장한 말을 뱉었다.

"사나흘 있으면 도착할 거야. 내가 좀 늦게 보냈거든."

채나가 존 국장을 잊고 있었다는 말 대신 궁색한 답변을 했다.

"GOOD! 며칠 더 기다려 보지. 설마 채나가 이 존을 잊어버리기야 했겠어?"

존 국장이 웃으면서 낭랑하게 외쳤다.

특이하게도 존 국장은 서양인 특유의 신사도가 병아리 눈물만큼도 없었다.

괴팍한 깡패였다.

채나와 친한 것도 둘이 같은 과라서 그런 것 같았다.

주한미군 사령관으로 있을 때도 툭하면 기행을 일삼아 여러 번 구설수에 올랐다.

오늘도 존 국장은 느닷없이 성남 서울 비행장에 내려 이진관 장군에게 전화를 해서 당장 채나를 만나게 해줄 것을 요구했다. 거의 명령조였다.

이진관 장군은 뇌졸중 바로 직전까지 갔지만 우리나라의 최우방국인 미국의 CIA 국장이었기에 나름 대접을 하느라고 안기부장에게 연락해 강남의 안가를 빌렸고 경찰청장 등을 급히 호출했던 것이다.

입이 삼십 센티쯤 튀어나온 채나를 살살 달랬고.

분위기 완화용으로 양 변호사와 피 회장까지 불렀다.

지금도 존 국장은 이 자리에 있는 그 누구에게도 말을 섞지 않았다.

오로지 채나와만 얘기를 했다.

"OK! 오는 정이 있으면 가는 정이 있어야지."

존 국장이 이 서재에 들어와 처음으로 다른 사람을 쳐다봤다.

데니스 CIA 한국 지부장이었다.

데니스 지부장이 묵묵히 큼직한 가죽 가방 하나를 테이블 위에 올려놨다.

"채나에게 주는 선물이야. CIA 국장 취임 선물로 주는 것이라고 생각해도 좋아. 마음에 들 거야. 그동안 우리 CIA와 있었던 모든 일은 잊고 사이좋게 지냈으면 좋겠다."

"......!"

찰나 채나의 눈이 실처럼 가늘어졌다.

그동안 우리 CIA와 있었던 모든 일을 잊고 사이좋게 지내자!

깡패 존이 미 CIA 국장 취임 선물로 채나에게 보내는 메시지였다.

채나는 쉽게 알아들었다.

이진관 장군도 잠깐 헷갈렸지만 곧 알아들었다.

다른 사람들은 모두 존 국장의 의례적인 멘트로 알았다.

'재미 과학자 김철수 박사 일가족 피살 사건' 을 암시하는 말이었다.

찌익!

채나의 얼굴에 사이한 미소가 번졌다.

너무 사이해 살기까지 느껴졌다.

"선물 하나 더!"

존 국장도 채나의 미소와 비슷한 야릇한 미소를 머금었고.

"로스차일드와 록펠러 가문 쪽과 연결됐다는 정보가 있던

데 사실인가?"

취조를 하는 듯한 말투로 말을 이었다.

이번에는 모두 알아들었다.

채나를 빼고 모두 놀랐고.

로스차일드와 록펠러라는 어휘가 주는 파괴력이었다.

"그 뭐… 제이콥 회장님이나 데이비드 회장님이 내 팬이시 잖아? 내가 금융 쪽에 뭘 아나. 두 분이 투자를 하라고 해서 하는 거야."

반대로 채나의 목소리는 점점 더 차분해졌다.

채나는 화가 나면 날수록 목소리가 가라앉는다.

"핫핫핫 그래! 두 분이 광적인 헌터라서 채나와 가깝다는 것은 예전부터 알고 있었지."

로스차일드와 록펠러 가문.

수많은 스릴러 소설 속에서 나오는 유럽과 미국을 대표하 는 자본주의의 왕가다.

전 세계 금융계를 좌지우지하는 것으로 알려진 집안이었 다.

채나는 로스차일드 투자신탁과 록펠러 금융 서비스에 투 자를 하고 있었다.

"멋있다, 채나! 훗날 채나가 연방 준비제도 이사회(FRB) 의 장이 됐으면 좋겠군."

"내 목표야. 달성할 수 있을지는 모르지만!"

"채나라면 충분히 가능하지. 하워드 대통령님께서도 열심히 도와주시겠다고 하시더군."

하워드 미국 대통령이 채나를 미국 연방 준비제도 이사회의 의장이 되도록 밀어주겠다?

두 번째 선물치고는 너무 컸다.

오늘날 미국에는 두 개의 정부가 존재한다.

하나는 헌법을 통해 정식으로 구성된 정부고, 다른 하나는 누구의 지배도 받지 않으며 누구와도 타협하지 않는 독립적인 정부이다.

그 정부는 바로 의회가 헌법에 따라 관리해야 할 미국의 화폐를 마음대로 휘두르는 조직, 바로 연방 준비제도 이사회 FRB다.

미국의 유명한 하원의원이 한 말이다.

아이러니하게도, 자본주의의 대본영이라는 미국에는 우리나라의 한국은행처럼 화폐 등을 발행하는 중앙은행이 없다.

아니, 있기는 있다.

단지 한국은행 같은 국책은행이 아니라 사설은행이다.

FRB '연준'이다.

지금도 많은 사람은 미국 정부가 달러를 발행한다고 생각한다.

하지만 미국 정부에는 아예 화폐발행 권한이 없다.

믿기지 않지만 그게 팩트다.

미국 정부는 달러가 필요할 경우 국민이 납부할 미래의 세수를 사설 은행인 연방 준비은행에 담보로 잡히고 연방 준비은행권을 발행하게 한다.

이것이 곧 달러다.

연방이라는 단어가 붙어 있고 미국 대통령이 이사회 의장을 임명하니까 미국 정부에서 운영하는 기관 같지만 전혀 아니다.

개인이 주인인 사설 은행이다.

미국 정부는 지금도 사설 은행인 FRB '연준'을 감사할 권한이 없다.

FRB가 한해 소모하는 예산과 지출이 얼마며 어디에 사용하는지 전혀 알 길이 없다.

미 의회에서 칼을 들이대려 할 때마다 FRB는 막대한 자금을 동원해 이를 막아왔다.

이 막대한 금권을 이용해 미국의 정치 경제 사회를 장악하고 세계 경제를 지배했고!

세계 금융 역사를 통틀어 이처럼 강력하고 거대한 자본조직은 존재하지 않았다.

그 연방 준비제도 이사회 FRB의 중심에 로스차일드가와 록펠러 가문이 버티고 있었다.

채나는 이 가문에 접근하기 위해 자신의 인맥을 총동원했다.

그것은 쉽게 성공했다.

이미 미 CIA 국장이 알고 있을 정도였다.

어쩌면 채나가 미국 달러를 마음대로 찍어낼 날이 곧 올지도 모른다.

껄다리 아줌마가 돈이 없대. 1억 달러만 찍어서 보내!

이런 날 말이다.

존 CIA국장은 이 막강한 힘을 가지고 그 힘을 무섭게 키우고 있는 채나가 CIA와 전쟁 중이라는 첩보를 입수했고 정전협정을 맺고자 달려왔다.

존 국장이 CIA국장에 취임하면서 맨 처음 한 일이 채나에게 쓴 항복 문서였다.

*　　　*　　　*

〈IMF 환란 극복 3주년 기념 국가 요인 초청 만찬회〉

이런 글씨가 프린트된 현수막이 봉황 한 쌍이 황금빛 무궁화를 감싼 대통령 문장이 새겨진 벽면 위에 걸려 있었다.

대한민국 청와대 영빈관 대연회실.

웅성웅성.

단아한 정장을 갖춰 입고 청와대 출입증을 부착한 손님들이 청와대 의전실 직원들의 안내를 받으며 삼삼오오 영빈관으로 들어섰다.

이미 입장이 시작된 지 꽤 된 듯 이백여 명의 손님이 깔끔하게 세팅된 이십여 개의 원형 테이블에 둘러앉아 담소를 나누고 있었다.

와아아아! 짝짝짝!

대통령이 입장하는 것일까?

영빈관에서 환호와 함께 박수가 터져 나왔다.

ENG 카메라를 메고 있던 KBC 등 지상파 삼 사의 카메라 기자들이 재빨리 영빈관으로 통하는 저편 복도 쪽으로 달려갔다.

대통령은 아니었다. 그보다 훨씬 높은 신(神)이었다.

황금색 정장을 갖춰 입은 채나를 비롯해 박지은과 양 변호사, 피 회장 등 민광주 캠프의 주요 멤버들이 붉은 카펫을 밟으며 여유롭게 걸어왔다.

"곧 기념식이 시작될 예정입니다. 내빈들께서는 정숙해 주시기 바랍니다."

계속해서 박수 소리가 그치지 않자 의전비서관이 마이크를 들고 주의를 줬다.

"그럼 그렇지! 뜬금없이 울 교주님이 여의도에 현신하셨더라? 청와대에서 불렀구만."

"맞아! 대통령이 아니면 누가 갓 채나를 감히 오라 가라 할 수 있겠어?"

"용하게 왔네. 월드 투어 때문에 정신없이 바쁠 텐데 말야."

태극기와 대통령기가 놓여 있고 대통령 문장이 새겨진 연설대가 세워져 있는 곳.

그 앞에서 이십여 명의 청와대 출입 기자가 원탁에 둘러 앉아 소곤거렸다.

"박 선배, 오 선배! 우리 계속 여기 앉아 있어야 돼?"

"갓 채나한테 달려가서 인터뷰 따야 하는 아닌가요?"

"그래! 열심히 해. 대신 청와대에서 쫓겨나서 경찰서 출입기자로 전출 갈 각오하고!"

"짜증나. 대특종을 앞에 두고도 못 먹네."

"글쎄 말이야."

약간 젊게 보이는 기자들이 투덜댔다.

청와대는 대한민국의 최고지도자인 대통령의 집무실과 관저가 있는 곳이다.

대통령을 포함한 모든 사람이 철저하게 짜여진 동선에 따라 움직인다.

기자들이라고 해서 예외는 아니었다.

허락 없이 취재를 하는 등 돌출 행동을 하면 제재를 받았다.

아무리 채나 같은 세계적인 슈퍼스타가 왔다 해도 쪼르르 쫓아가서 인터뷰를 한다든지 하면 절대 안 된다. 그런 맥락에서 의전비서관이 채나를 보고 박수와 환호를 하는 손님들에게 에둘러 경고를 보냈던 것이다.

그때, 채나 일행이 영빈관에 와 있는 모든 손님의 주목을 받으며 의전실 직원들이 정해준 테이블 앞에 앉았다.

"큭큭! 너무 차이 난다. 완전 점령군과 패잔병이야."

"정말? 승자와 패자의 현주소를 극명하게 보여주네."

"민광주 캠프의 사람들은 화려하고 당당해. 김 대통령 측근들은 우중충하고 어디서 뒈지게 맞고 온 사람들 같고."

"바야흐로 떠오르는 태양과 지는 해구먼!"

기자들이 계속해서 채나 일행을 주시하며 뻐꾸기를 날렸다.

"환장하겠다! 양동길 변호사 봐봐?"

"뭐, 뭐야?! 저 친구! 지금 턱시도에 나비넥타이를 매고 온 거야?"

"저기에 파이프만 물면 딱 점령군 사령관 자세다. 2차세계대전 때 일본 도쿄에서 보여줬던 맥아더 장군 포스 그대로야."

"흐흐흐, 꼬마 맥아더네!"

정말 그랬다.

현재 청와대 영빈관에는 대한민국 삼부 요인을 비롯해 각계의 VIP들이 모여 있었다.

특히, 이번 대통령 선거에서 패배한 한국자유당 쪽 관계자들이나 김 대통령 측근들은 하나같이 병든 닭이었다. 반면에 승리한 민주평화당직자들이나 민 대통령 쪽 참모들은 늠름한 황소를 보는 듯했다.

보란 듯이 턱시도에 나비넥타이까지 매고 입장한 양 변호사가 그 차이를 아주 단적으로 보여줬다.

"저쪽 테이블로 가시지요? 김 위원장님!"

바로 그때였다.

의전실 직원이 조용히 다가와 채나에게 말을 건넸다.

"자리를 옮겨요?"

"예! 김 위원장님 자리는 따로 마련돼 있습니다."

"알았어요."

채나가 박지은을 바라보며 어깨를 으쓱하고 의전실 직원을 따라갔다.

카메라들이 재빨리 채나를 쫓아갔다.

"역시 갓 채나께서 자리를 옮기시는구만."

"당연하지! 어떻게 위대한 신이 미천한 인간 것들과 같이 앉아 있나?"

"으흐흐! 킥킥킥!

기자들이 자리를 이동하는 채나를 지켜보며 수다를 떨었다.

"그나저나 소문 들었지?"

"뭔 소문?!"

"마 수석이 돈 보따리 싸들고 저 김 위원장 찾아갔다가 개박살 난 거!"

"그, 그거 정말이야? 팩트냐구?"

"확실해. 그 자리에 동석했던 고위층 입에서 나왔어. 미화 1억 달러를 이고 가서 비자금이 어쩌고 하면서 디밀었대."

"근데, 그 자리에서 김 위원장이 뭐라고 한 줄 알아?"

"뭐라고 했는데? 뜸들이지 말고 빨랑 말해, 임마!"

"돈 보따리를 밀어 놓으며 니들 전별금으로 써, 이랬대."

"1억 달러를 갖다 주니까 집에 갈 때 차비나 하라고 빠꾸시켰단 말이지?"

청와대 출입기자들이 '빠꾸'라는 일본식 표현까지 써가면서 바로 어젯밤에 벌어졌던 상황을 그대로 재현했다.

"킥킥킥! 역시 천하의 김 위원장이다."

"저기 김 위원장님! 여기 미화 1억 달러 가져왔습니다. 민 대통령님과 나눠 쓰시고 앞으로 잘 좀 봐주십시오!"

"오냐, 고맙다. 받은 걸로 치마! 가다가 이 돈으로 빵이나 하나씩 사먹으렴, 아가들아."

"깔깔깔! 흐흐흐!"

소문은 늘 부풀려지게 마련이다.

5,200만 달러가 1억 달러가 됐다.

또 기자들이 말한 그 자리에 동석했던 고위층은 양 변호사였다. 명석한 양 변호사가 기자들에게 살짝 흘려 언론플레이를 했다.

우리 민광주 캠프는 이렇게 깨끗하답니다!

"결국 보험료를 상납했다가 거절당했다는 말인데… 마 수석 잠 다 잤네."

"잔머리 썼다가 된통 당했어."

"당한 사람은 저기 또 있네요. 우리 교주님 좀 보세요, 선배님!"

이십 대 기자가 미소를 지으며 채나를 가리켰다.

채나가 의전실 직원이 안내해 준 자리가 불편한 듯 몇 번 주위를 둘러보더니 자리에서 발딱 일어섰다.

곧바로 어깨에 번쩍이는 별이 매달린 초록색 장군복을 걸친 십여 명의 장성이 앉아 있는 테이블 쪽으로 다가갔다.

"의전실 직원이 헤드테이블로 안내해 줬는데도 귀찮다고 장군들과 합석을 하시네."

"저 까칠한 조 비서관이 제지할 생각도 못해요, 호호호!"

"뒈질라구? 도끼 맛이 쓴지 단지 궁금해서?!"

"바야흐로 채나민국이야. 대한민국 최고 실력자시라고!"

"확실 울 교주님은 타고났어요. 보통 사람은 청와대 같은 데 들어오면 쭈뼛쭈뼛하게 마련인데 교주님은 아니에요. 행동에 전혀 망설임이 없어요."

"같이 앉아 있는 사람이 삼촌인 이진관 장군이잖아? 남열회 장군, 서상열 장군 등도 잘 아는 사이고."

"저렇게 군부의 최고 실력자들과도 막역한 사인데 뭐가 겁나나?"

기자들이 채나의 거침없는 행동에 혀를 내두를 때.

"지금 대통령님과 대통령 당선자님께서 입장하고 계십니다. 모두 자리에서 일어나셔서 경의를 표해주시기 바랍니다."

의전비서관이 대통령 입장을 알렸다.

짝짝짝!

힘찬 박수와 함께 김 대통령과 민 의원이 수행원들의 호위를 받으며 입장했다.

두 대통령이 연설대 좌우에 앉았다.

"그럼 지금부터 IMF 환란 극복 3주년 기념식을 시작하겠습니다. 모두 일어나 태극기를 향해 주시기 바랍니다."

의전비서관이 진행 멘트를 시작했다.

"이제 대한민국이 낳은 세계적인 슈퍼스타이신 김채나 민주평화당 재경위원장께서 나오셔서 애국가를 불러주시⋯⋯."

와아아아! 짝짝짝!

의전비서관의 멘트가 채 끝나기도 전에 환성과 함께 우레와 같은 박수가 터졌다.

채나가 연설대 앞으로 또박또박 걸어 나와 두 대통령에게 목례를 한 뒤 고개를 돌려 손님들에게 귀엽게 인사를 했다.

짝짝짝!

다시 환호와 박수가 터졌다.

채나가 문득 수첩을 꺼내 살폈다.

"실례했습니다. 제가 대한민국 애국가 전담가수라서 그동안 애국가를 몇 번이나 불렀는지 확인해 봤습니다. 꼭 세 번 부족한 100번을 불렀네요."

"아하하하하하하—"

채나의 너스레에 김 대통령과 민 의원 등이 일제히 폭소를 터뜨렸다.

살짝 무거웠던 분위기가 가벼워졌다.

즉시 채나가 애국가를 부르기 시작했다.

듣는 모든 사람에게 충성심을 강요하는 채나 특유의 무시무시한 애국가.

"역시 감동적인 애국가였습니다. 수고하셨습니다. 김채나 위원장님!"

의전비서관이 이런 행사를 자주 진행해 온 듯 매끄럽게 이어갔다.

"다음은 대통령님께서 나오셔서 세계만방에 우리 대한민국의 명예를 빛내고 계신 김채나 위원장님께 헌법에 의거 훈장을 수여하도록 하겠습니다."

"……!"

애국가를 부른 뒤 자리로 들어가려고 몸을 돌리던 채나가 화들짝 놀랐다.

오늘 청와대에서 훈장을 받는다는 사실은 듣지 못했기 때문이다.

알다시피 채나는 어깨에 별 다는 것을 밥 먹는 것만큼이나 좋아한다.

훈장이라면 쇄골이 부러지는 한이 있어도 받는다.

김 대통령이 청와대 출입기자들에게도 알리지 않고 깜짝 이벤트를 했다.

민 의원에게도 오늘 청와대에 들어왔을 때 통고를 해줬다.

"결국 대선이 끝나니까 주는구만!"

"어쩐지 왜 훈장을 주지 않나 했어."

"무슨 아시안 게임에 나가서 메달 하나만 따와도 훈장을 주는 판인데 지구촌을 몇 번씩 뒤집고 있는 갓 채나에게 우리 정부에서 모르는 척하는 게 이상했어."

"그동안 김 대통령 쪽에서 고민 많이 했을 거야."

"훈장을 주자니 호랑이 등에 날개를 달아주는 것 같고, 안 주자니 여론이 좋지 않고!"

"어쨌든 김 대통령이 막판에 한 수 멋지게 질렀네."

"민 대통령 얼굴 봐? 완전 떫은 감 씹은 표정이야."

"그럴 만도 해. 대통령 취임식 끝나자마자 당신이 주려고 아끼고 아낀 카드였는데 느닷없이 김 대통령이 까버렸으니 김샜지 뭐!"

"뭐 민 대통령도 내후년쯤에 훈장 하나 더 주면 되지. 갓 채나 정도면 서너 개쯤 받고도 남잖아?"

"그래도 그런 게 아냐! 첫 번째하고 두 번째는 약빨이 전혀 달라."

"낼 아침부터 갓 채나가 대한민국 정부에서 훈장을 받았다고 전 세계 매스컴에서 나리를 떨 거야. 채나 팬덤들은 오늘을 국경일로 정하자구 난리를 칠 테고!"

"동시에 지질이 불쌍한 김 대통령도 쬐끔은 인기를 회복하지 않겠어?"

기자들답게 느닷없이 채나가 훈장을 받는 상황을 날카롭게 분석했다.

빼고 더할 것 없이 사실 그대로였다.

의전비서관이 훈장증을 낭독했다.

"훈장증! 금관문화장 제112호 가수 김채나. 귀하는 노래를 불러 대한민국 국민을 비롯한 세계 만민에게 감동과 감화를 주었고 대한민국의 명예를 세계만방에 떨쳤기에 대한민국 헌법에 의거 아래와 같은 훈장을 수여합니다. 2003년 3월 대통령 김정빈."

짝짝짝! 우레와 같은 박수가 터졌다.

채나는 정말 가슴이 먹먹했다.

2억 장의 음반을 팔았을 때보다 빌보드 차트를 올킬 했을 때보다 더욱 뭉클했다.

대한민국 국민에게 대한미국 정부에게 최초로 인정받았다
는 생각이 들었기 때문이다. 뭔가 엄청난 일을 했다는 뿌듯함
이 밀려왔다.

　실제로 채나가 받은 금관문화훈장은 우리나라 예술가들이
쉽게 받을 수 있는 훈장이 절대 아니었다.

　문화훈장 중 최고 등급의 훈장이었다.

　퇴임하는 김 대통령이 청와대에서 치룬 마지막 행사였다.

　너무 싼 보험료였고.

8장

공전절후의 슈퍼스타

가오리와 홍어, 갯장어와 붕장어, 쭈꾸미와 낙지, 광어와 도다리, 고등어와 삼치.

　이 물고기 중 세 가지 이상을 확실히 구분할 수 있다면 낚시꾼이다.

　몽땅 구분할 수 있다면 그건 어부다.

　후두둑!

　눈부신 봄볕이 내리쬐는 남해 바다의 푸른 물결 위로 고기들이 튀어 올랐다.

　한눈에 봐도 몇백 평은 됨직한 넓은 가두리 양식장이었다.

　가두리란 바깥 테두리라는 뜻이다.

그물로 우리를 만들어 그 속에 어패류를 가둬 기르는 작업장이 가두리 양식장이고.

주로 바다에서 많이 볼 수 있다.

"이 사람이 아예 회까지 떠주고 오나? 왜 이렇게 늦어?"

"관광객들 차 때문에 활어차를 찾지 못하는 모양입니다."

가슴장화를 신고 뜰채를 든 채나의 작은아빠 김남수 사장이 바다 저편을 바라보며 툴툴대자, 작업복을 걸친 사내가 웃으면서 말을 받았다.

가오리와 홍어, 갯장어와 붕장어 등을 정확하게 구분할 수 있는 김 사장과 작업복을 걸친 인부 세 명이 가두리 양식장 부교 위에 서 있었다.

김 사장이 열심히 키운 넙치, 흔히 광어(廣魚)라고 부르는 물고기를 출하하는 날이었다.

활어차란 생선을 수송할 수 있도록 일반 화물차에 수조와 전기장치들을 설치하여 만든 차량이다.

"관광객들이 몰리니까 별게 다 속을 썩이는구먼. 작년 이맘때만 해도 포구에 외지 차량이라고는 택배 차밖에 없었는데 원!"

"하하! 요즘 자동차 수만 대를 수출하는 것보다 괜찮은 스타 한 명을 수출하는 게 훨씬 낫다는 말을 온몸으로 느끼는 중입니다, 형님!"

"그건 나도 마찬가지일세! 우리 큰딸 덕분에 막걸리 공장에 술이 떨어지고, 양식장에 고기 씨가 마를 줄은 꿈에도 몰 랐어."

"채나가 남해군의 땅값까지 왕창 올려 삐렸다니께 더 이상 뭔 말이 필요하것소?"

김 사장과 인부들이 채나 효과에 거품을 물었다.

"호호호! 핫핫핫!"

바로 그때 바다 저편에서 상쾌한 웃음소리가 들려왔다.

관광객들이 낚시를 즐기는 바다 위에 떠 있는 가두리낚시 터였다.

채나 효과가 제대로 먹히는 곳이었다.

웡웡!

김 사장 옆에서 꼬리를 치고 있던 수놈 진돗개 진돌이가 부 교 위를 뛰어가며 짖어댔다.

가두리 양식장은 사람이 지키고 있을 때보다 비어 있을 때 가 훨씬 많다.

규모가 큰 양식장에서는 꼭 강아지 한두 마리씩을 키웠다.

외부의 침입자를 막기 위해서다.

가두리 양식장을 노리는 도둑이 의외로 많다.

수년 동안 키운 비싼 전복이나 대합 같은 어패류를 쾌속선 까지 몰고 와서 싹쓸이해 간다.

"박 사장 떼돈 버는구먼! 얼마나 좋으면 웃음소리가 여기 까지 들리나 그래?"

김 사장이 가두리 낚시터를 쳐다보며 쓴웃음을 지었다.

"저 방구 형님은 채나한테 아침저녁으로 절을 해도 부족합니다."

"맞데이! 낚시터 이름만 대해였지 손님이 월매나 왔노? 하루 두세 팀 와서 맨날 적자라고 징징댔다 아이가?"

"올해는 벌써 받침대 예약이 끝났대!"

"환장한다카이! 두당 3만 원씩만 받아도 월매고? 받침대가 50개가 넘는다 안 카나! 글고 라면 팔지, 음료수 팔지, 낚싯대 빌려주지 완전 돈벼락 맞아 뿌렀다."

"뭐 잘됐어. 조만간에 우리 동네 횟집부터 시작해서 남해군 일대를 순시하면서 수금을 좀 해야겠어. 울 큰딸 덕분에 떼돈을 벌고 있는데 채나한테 용돈을 줘야지."

"하하하! 그렇잖아도 여기저기서 남해군을 채나군으로 바꾸자고 청원을 넣는답니다."

"채나군이라? 이름 좋네!"

지금 김 사장이 너스레를 떨 듯, 남해군을 채나군이란 이름으로 바꿀 만도 했다.

채나원이 있는 경기도 파주가 몰려드는 채나 팬들 덕분에 뽕나무 밭이 바다가 된 것처럼 채나의 본가가 자리 잡은 남해도 예외가 아니었다.

한산도에서 여수에 이르는 물길을 뜻하는 한려수도.

남해군은 원래 이 한려수도가 지나가는 요충지로 나름 관광객들이 몰리는 관광지였다.

거기에 채나교도들에게 사대 성지로 공식지정(?)까지 받았다.

덕분에 밀려드는 관광객들 때문에 정신이 다 없을 지경이었다.

특히 김 사장이 운영하는 해죽포 막걸리 공장은 채나교도들이 성수라고 부르며 막걸리를 박스로 사가는 통에 웬만한 주류회사는 저리 가라였다.

통통통통!

저편에서 통통배 한 척이 물거품을 내며 달려왔다.

김 사장이 짜증을 내며 기다리던 배였다.

"…저 사람이 왜 성산포 쪽에서 와?"

"아마 해죽포 쪽은 낚싯배와 유람선이 붐벼서 배가 못 뜨는 모양입니다."

"허 참! 유람선에 치어서 고깃배가 못 뜰 지경이다? 이거 웃어야 돼, 울어야 돼?"

지금 통통배가 오는 성산포쪽에서 이 가두리 양식장으로 오려면 해죽포 쪽에서 오는 것보다 이십 분이나 더 걸렸다. 해죽포구에 얼마나 많은 배가 몰리면 시간을 허비하면서까지 돌아올까? 모두 채나 때문에 벌어진 촌극이었다.

"……!"

한순간 김 사장 등의 눈이 커졌다.

다가오는 통통배에서 뜻밖의 사람이 타고 있었기 때문이
다.

야구모자와 선글라스를 쓴 채나가 갑판 위에 서서 손을 흔
들었다.

매니저인 방그래와 사촌동생인 김용희도 함께였다.

채나는 미국으로 가는 도중에 김집 교장과 김 사장 부부에
게 인사를 하려고 남해에 들렀다.

이제 막 격납고로 들어간 페이지 회장의 보잉777 자가용
비행기를 타고 김해공항에 내려 이곳으로 왔던 것이다.

"저, 저, 저 녀석이 누꼬?!"

김 사장이 너무 반가워 말을 더듬었다.

"큭큭! 글쎄 말입니다. 혹시 미국에 있어야 할 채나 아닐까
요?"

"하따, 마, 선갑이가 늦을 만했꾸마! 사람들 눈을 피해 채나
를 태우고 오느라 성산포로 돌아온기라."

"참말 왔네. 채나가 한국에 깜짝 입국했다 카더니……."

"어이, 어이, 용주 엄마! 울 큰딸이 왔어. 채나가 왔어!"

김 사장이 허둥댔다.

김 사장 부부는 지난해 LA에서 열린 쇼케이스 때 미국에
갔다 왔다.

한 치 건너 두 치라고 했던가?

미국에 머물면서 채나를 돌봐주고 싶었지만 잔뜩 쌓여 있

는 일 때문에 마음이 바빠 급히 귀국할 수밖에 없었다.

월드 투어 연습에 매진하느라 그야말로 별 보고 나가서, 별 보고 들어오는 채나와 용순이만 달랑 남겨놓고 온 것이 영 마음에 걸렸다.

새삼스럽게 둘째 형인 김영수 변호사가 생각났다.

세심한 성품의 채나 아빠가 살아 있었다면 얼마나 잘 보살펴 줬을까?

아예 채나를 업고 다니며 하나부터 열까지 챙겼을 것이다.

그런저런 가슴앓이 중에 천만뜻밖에도 채나가 남해에 왔으니!

"네네! 지금 전화 받았어요."

채나의 작은엄마인 황 여사가 부교 위에 놓여 있는 철제 컨테이너 박스에서 튀어나왔다.

휴대폰을 든 채였다.

웬만한 가두리 양식장에는 컨테이너 박스가 다 놓여 있다.

냉장고, TV 등 가전제품까지 갖춰진 완벽한 수상가옥이었다.

"헤헤헤! 울 엄마, 아빠 얼굴 좋아졌네. 대부들도 잘 있었지?"

채나가 통통배 위에서 환하게 웃으며 인사를 했다.

대부는 채나 집안에서 족보상 할아버지뻘 되는 남자들을 부르는 호칭이다.

톡!

무늬만 고양이인 스노우가 먼저 뛰어 내렸다.

재깍 진돌이와 어울려 부교 위를 달려갔다.

"녀석! 잘 왔다. 아주 잘 왔어!"

"오느라고 고생했어요! 방 부장."

"어서 와, 채나야!"

채나가 김 사장 내외와 반갑게 포옹을 했고 일가 어른들과 인사를 나눴다.

"김 상무, 아니, 용순이는 미국 일이 너무 바빠서 같이 못 왔어."

"촌 동네 막걸리 공장 경리가 재벌회사 상무님이 되셨는데 좀 바쁘겠어?"

"아주 잘됐다. 고급 인력이 촌에서 썩는다구 그렇게 투덜 대더니 미국 가서 마음껏 일하는 모양이구나."

"쫘식이 아주 대단해. 일을 넘 잘해."

"그 녀석이 명석하기는 하지. 나를 닮아 배짱도 있구!"

"히히, 용순 언니 남자친구 생겼대, 아빠!"

김용희가 개구쟁이 미소를 지으며 끼어들었다.

고등학교를 졸업해서 그런지 숙녀 티가 역력했다.

레슬링선수 같은 장대한 체구는 여전했고.

"뭐어? 그 왈패한테 남자 친구가 생겼어?!"

"호호호… 듣던 중 반가운 소리네."

김 사장 부부가 반색을 했다.

"하하… 그렇게 흥미진진한 얘기는 막걸리라도 한잔하면서 하시죠?"

"하모요! 예까지 내려오느라 채나가 얼마나 배가 고프겠능교?"

"이 사람들이 아주 기다렸다는 듯이 회 접시를 대령하네! 번갯불에 콩 튀기는 채나 성격을 꿰고 있어."

"헤헤! 고마워, 대부들."

작업복을 걸친 사내들이 큼직큼직하게 썬 생선회와 막걸리를 담은 쟁반을 갖다 놓았다. 그리고 이내 양식장 수조로 다가가 뜰채로 고기를 잡아 통통배에 옮겨 실었다.

"우리 신경 쓰지 말고 마음껏 먹어 채나야."

"이놈들 싱싱할 때 해치우려면 약빨리 묵어야 한다카이!"

"에헤헤헤헤! 알았어, 알았어."

작업복 사내들이 뜰채에 물고기를 가득 담은 채 너스레를 떨었고.

채나가 아주 행복한 웃음을 지었다.

"그래, 그래! 우리 큰딸 먼 길을 오느라 고생했다."

"집에 온 김에 양식장에 있는 고기를 몽땅 먹고 가렴. 푹 좀 쉬고!"

"응응응! 걱정 마. 아빠 양식장에 있는 애들 오늘 떼죽음이야."

김 사장 부부가 채나에게 양식장 물고기들의 도살을 명령했고, 채나의 얼굴이 더없이 활짝 펴졌다. 채나는 한국에 입국하면서부터 손님들과 팬들에게 시달리느라 마음껏 식사를 한 적이 없었다.

　"씨이— 큰언니 바로 미국으로 간대. 김해공항에 뱅기가 대기하고 있대."

　김용희가 몹시 섭섭한 듯 울상을 지었고.

　"정말이니? 섭섭해서 일을 어째!"

　"뭐 세계에서 제일 바쁜 사람인데 이렇게 얼굴 본 것만도 감지덕지지."

　김 사장 부부가 채나의 사정을 익히 아는 듯 간단히 체념했다.

　"할아버지는?"

　"집에 안 계시던?"

　"응! 강아지밖에 없던데."

　"그럼 또 네 집에 가셨나 보다."

　"내 집?? 무슨 말이야 내 집이라니?"

　"오, 그래! 채나가 아직 집을 구경하지 못했구나."

　"헤에에… 여기 남해에 내 집이 다 있었어?"

　"할아버지께서 너 주려고 작년 가을부터 열심히 수리하신 집이다. 네 맘에 꼭 들 거다."

　"성산포에 있는 집인데 진짜 멋있어, 언니!"

"막 기대된다! 할아버지가 채나에게 주는 집은 어떤 집일까?"

"금강산도 식후경이라고 했다. 어서 먹고 구경 가자꾸나."

김 사장이 젓가락으로 생선회를 듬뿍 집어 채나에게 먹여 줬고.

"쩝쩝! 너무너무 맛있다."

채나가 생선회를 씹으며 한없이 행복한 미소를 지었다.

"아침에 잡아다가 넣은 자연산 도미라서 쫄깃쫄깃할 거다."

"살살 녹아! 근데 간만에 바다에 나왔더니 가슴이 탁 트이네. 스트레스 완전 박멸이야."

채나가 양식장의 넓은 부교 위에 앉아 생선회를 입이 터져라 넣은 채 사방을 둘러봤다.

"녀석! 미국 말리부에 있는 집에서 바라보는 바다 풍경도 근사하더라."

"호호, 미국이라서 그런지 내 눈엔 한국 바다보다 훨씬 멋있었어."

"무슨? 미국 바다니까 빠다 냄새가 났겠지."

"핫핫핫, 호호호!"

채나 특유의 너스레에 김 사장 부부가 자지러졌다.

"김채나! 김채나! 김채나!"

느닷없이 정말 느닷없이 사방에서 채나를 연호하는 소리

가 들려왔다.

"꺅! 진짜 우리 교주님이시다."

"세상에, 세상에… 어떻게 이 바다 한가운데서 교주님을
만나지?"

"아후후후! 교주님! 교주님!"

"갓 채나! 갓채나! 갓 채나!"

채나를 부르는 소리가 요란하게 들리며 사방에서 십여 척
의 유람선이 몰려왔다.

"이거야— 바다 위까지 팬들이 몰려왔네."

"허이구, 대단하네요. 어떻게 알고 여기까지 왔대요?"

"달나라나 화성이라면 모를까 지구에는 내가 숨을 곳이 없
대."

김 사장 부부가 몰려오는 유람선들을 바라보며 입을 쩍 벌
렸고.

채나가 입가를 훔치며 발딱 일어섰다.

"선장님! 배 이쪽으로 대."

"예에, 채나 씨!"

유람선들이 가두리 양식장 근처로 천천히 배를 몰아왔고.

채나가 방그래와 함께 제일 먼저 다가온 유람선에 올라탔
다.

"아후후후! 교주님, 교주님!"

"이, 이게 꿈이야, 생시야? 정말, 정말 우리 교주님이시네."

유람선에 타고 있던 팬들이 어쩔 줄 모르며 호들갑을 떨었다.

방그래가 묵직하게 손을 번쩍 들었다.

"줄! 줄 서십시오!"

"네에— 줄, 줄, 줄!"

"이름이?"

방그래가 유람선에 탄 팬들을 정렬시켰고.

채나가 뱃전에 걸터앉아 사인을 해주고 사진을 같이 찍었다.

채나는 어떤 경우에도 팬들을 피하지 않겠다고 결심했다.

그리고 지금 그 결심을 실행하고 있었다.

이것 또한 좀처럼 보기 드문 진풍경이었다.

바다 한가운데서 서슴없이 유람선 올라가 사인을 해주며 대화를 나누는…….

외계인이니까 가능한 일이었다.

"하, 한국에서 콘서트는 언제쯤 하실 거예요? 교주님!"

팬 하나가 얼굴이 발개진 채 수줍게 말을 붙였다.

"유월 말쯤."

"와아아아! 정말요?!"

"웅! 이번 주에 티켓 발매가 시작될 거야."

"미챠, 미챠! 장소는요?"

"일단 두 곳은 확정됐어. 경기도 안산 대부도에 있는 바다

향기 테마파크와 부산 해운대."

"바, 바닷가에서 하는 거예요?"

"여름이니까 시원한 데서 미쳐보자고!"

"까르르르! 네네네! 우리 미쳐봐요, 교주님."

안산 대부도와 부산 해운대 공연.

무려 300만 명이 모였다는 그 레전드 공연이었다.

너무 많은 인파가 몰려들어 대부도가 가라앉을까 봐 걱정했다는 그 전설적인 공연.

한 번 뜨면 100만 명의 사람이 모인다 해서 채나에게 밀리언 퀸이라는 별명을 선사했던 그 공연.

'보고 계십니까, 형님? 이 정도면 형님 딸이 어떤 인물인지 대충 아시겠죠? 대통령들이 경쟁적으로 불러대는 공전절후의 슈퍼스타랍니다. 팬들이 육지로는 부족해서 이 바다까지 쫓아 왔어요.'

김남수 사장이 팬들과 대화를 나누며 열심히 사인을 해주는 채나를 물끄러미 쳐다봤다.

채나의 얼굴 위로 김영수 변호사의 인자한 얼굴이 오버랩됐다.

김남수 사장이 천천히 컨테이너 박스 안으로 걸음을 옮겼다.

도저히 흐르는 눈물을 숨길 수가 없었기 때문이다.

                    *   *   *

"허허허! 그 바쁜 녀석이 뭐 하러 예까지 왔누?"

"헤헤헤! 교장선생님이 채나한테 집을 선물한다는 풍문을 듣고 달려왔지롱."

"오냐, 오냐! 아주 잘 왔다. 그러잖아도 우리 큰손녀에게 하루라도 빨리 남해 채나각을 보여주고 싶었느니."

김 교장이 선착장에 정박한 통통배에서 내리는 채나의 손을 다정하게 잡았다.

방그래가 따라 내렸다.

"남해 채나각? 일단 이름부터 마음에 드네."

"허허… 그놈!"

채나가 남해 채나각이란 이름을 듣고 흡족한 미소를 지었다.

채나는 아주 단순해서 뭐든지 자기 이름이 들어가면 좋아한다.

오죽하면 새로 설립한 회사들도 모두 자신의 이니셜이 들어간 이름으로 지었을까!

"집 구경 끝나면 바로 전화해. 배 가지고 올 테니까."

"나도 같이 구경하고 실은데 막걸리 공장 가야 돼. 할아버지가 언니 준다고 또 육포 만들어 놨거든. 그거 싸야지."

"헤헤, 수고!"

김 시장이 통통배를 돌렸고 김용희가 아쉬운 표정으로 손을 흔들었다.

"……!"

　잠시 후, 채나가 선착장에서 겨우 열 걸음이나 올라왔을까?

　정면을 바라보는 채나의 눈이 샛별처럼 반짝였다.

　채나가 최고로 기분 좋을 때 나타나는 그 눈빛이었다.

　수령조차 모호한 거대한 은행나무 한 그루가 파릇파릇한 싹을 틔운 채 우뚝 서 있다. 여느 시골 마을 입구에서 흔히 볼 수 있는 그런 거목이었다.

　채나는 보통 아가씨와는 많이 다르게 이런 것들을 좋아했다.

　아주 오래된 고목이나 거대한 나무들, 지독하게 크고 사나운 맹견들.

　"이 은행나무는 채나원에 있는 할배느티나무랑 많이 닮았네?"

　"아니다. 이 나무가 훨씬 고령일 게다. 수령이 무려 삼백 년이 넘었으니 말이다."

　"삼백 년?!"

　"조선시대 숙종 임금 시절이었지! 우리 집안에 김 자, 수 자 쓰시는 어른이 계셨단다. 그분이 이 나무를 심으셨다."

　김 교장이 은행나무에 얽힌 사연을 밝혔다.

"그렇구나. 안녕! 우리 할할할배 은행나무."

채나가 개구쟁이 미소를 띤 채 늙은 은행나무를 두 손으로 감싸며 인사를 했다.

"……!"

이번엔 김 교장의 눈이 번뜩였다.

채나가 두 손으로 감싸자 수령 삼백 년이 넘은 거대한 은행나무가 반가운 친구를 만난 듯 활짝 웃었다.

채나원에서 길 사장이 목격했던 그 기이한 장면과 똑같았다.

"화아, 넌 멋있다! 완전 은행나무 군락이야."

채나가 거대한 은행나무에게 인사를 하고 돌아서다가 감탄사를 터뜨렸다.

"도합 천 그루쯤 된다. 모두 내가 젊을 때부터 심은 녀석들이지."

거대한 은행나무에서 이십여 미터 떨어진 곳.

자갈길을 사이에 두고 수고 십 미터쯤 되는 은행나무 천 여 그루가 경사지를 올라가며 일대 군락을 이루고 있었다.

김 교장의 필생의 역작이었다.

청년 교사 시절부터 남해에 내려올 때마다 심은 나무들이었다.

'재미과학자 김철수 교수 일가족 피살 사건'이 있은 직후부터는 아예 아침부터 새벽까지 나무 심는 일로 하루 일과를 대신했다.

채나각을 보호하기 위해 해풍과 화재를 막기 위해서 심은 일종의 방풍림이었다.

"김수공 할아버님께서는 잡학에 능하셨는데 일찌감치 벼슬길을 포기하고 장사를 시작해 일본과 밀무역을 해서 엄청난 부를 쌓으셨단다. 당시 조선에서 왕궁을 제외하고 가장 큰 집이었다는 이 집을 지어 벼슬을 하지 못한 한을 푸셨지."

김집 교장이 잠시 숨을 돌리고는 말을 이었다.

"또 그분은 평생 성혼을 하지 않았다. 서자로서 천대받는 것은 당신 하나면 족하다고 생각하셨기에 그렇게 하셨단다."

김집 교장이 은행나무 군락 사이를 걸어가며 채나각에 대한 전설을 자상하게 밝혔다.

"공께서는 절대 집을 팔거나 부수지 말고, 먼 훗날 우리 집안에서 천하를 다스리는 위대한 인물이 탄생할지니 그때 그 후손에게 집을 물려주라는 유언을 남기셨다 한다."

은행나무 군락이 끝나고 야트막한 비탈을 따라 꼭 열 채의 한옥이 우뚝 서 있었다.

기역자 형태의 한옥부터 미음자 형태의 한옥까지 마치 한옥마을을 보는 것 같았다.

이 채나각에 비하면 김집 교장이 살고 있는 해죽채는 딱 오두막이었다.

"아호! 이렇게 큰집을 수리하려면 할아버지 돈이 엄청 들었겠다."

큰 것을 유난히 좋아하는 채나도 채나각을 쳐다보며 고개를 설레설레 흔들었다.

"작년 겨우내 원 없이 돈을 써봤다. 그래도 우리 손녀가 준 용돈이 많이 남더구나."

"헤헤헤! 내가 준 용돈으로 이 집을 수리한 거야?"

"허허허허! 하면 이 할아비가 돈이 어디서 났겠느냐? 교직에서 퇴직한 지 이십 년이 다 됐거늘. 원래 이 집은 우리 광산 김가 해죽공파 종중 재산이었단다. 지난 시제 때 일가어른들과 상의를 해서 내가 정식으로 사들었다. 네 이름으로 등기를 끝냈고!"

"……?"

"이 할아비는 옛날부터 궁금했다. 김수공 할아버님 유언대로라면 우리 집안에서 천하를 다스리는 인물이 탄생한다는 뜻인데 과연 누굴까? 어떤 사람일까? 내 생전에 볼 수 있을까?"

"뭐 잘못된 것 아냐? 나는 가수야. 가수가 천하를 다스리는 인물은 아니잖아?"

"허허허! 이 시대에 천하를 다스리는 사람이 어떤 사람이겠느뇨? 우리 손녀처럼 스포츠나 예술로써 세계에 이름을 떨치는 사람이 아니겠느냐? 이 할애비는 그렇게 믿는다."

"아써! 이 집을 할아버지가 내게 주는 뜻 잘 알겠어. 과연 내가 일 년에 며칠이나 이 집에서 머무를지 모르지만 할아버지 말대로 할게. 한국에 오면 이곳에서 살지 뭐! 손님들도 이곳으로 오라하고. 동대문 채나빌은 세 주면 되고. 파주 채나원은 별장으로 쓰면 돼."

"역시 우리 손녀 머리는 비상하구나. 하나를 말하면 열을 알아들어요!"

그랬다.

김잡 교장은 채나에게 이곳 남해에 거처를 마련해 주고 싶었다.

밑도 끝도 없는 동대문이나 파주가 아니라, 머나먼 미국의 LA나 뉴욕이 아니라, 일가친척들이 이백여 명이나 살고 있는 채나의 실질적인 고향.

이 남해에 슈퍼스타의 위상에 걸맞은 멋들어진 저택을 지어주고 싶었다.

세계각처에서 방문하는 손님들에게 '여기가 광산 김가의 후예인 김채나의 집이요' 하고 자랑할 수 있는 역사와 전통이 있는 그런 집……

고심 끝에 조상이 남긴 고택을 사들여 깨끗하게 수리를 해서 줬다.

김집 교장이 채나를 얼마나 사랑하는지 보여준 선물이었다.

"OK! 이 집을 매수하고 수리하는 데 들어간 비용은 십 원짜리 하나까지 기록해서 순덕 언니에게 줘. 김수 공 할아버님 말씀대로 천하를 지배할 내가 찌질하게 팔순 노인네한테 준 용돈을 도로 뺐을 수는 없잖아?"

"어헛헛헛헛! 오냐, 오냐! 내 품삯까지 계산해서 올리마."

"GOOD! 할아버지가 준 이 집은 아주 감사하게 받을게. 앞으로 관리를 잘해서 대대손손 물려줄 거구."

"그래, 그래! 우리 착한 큰손녀 마지막으로 약속 하나 해주련?"

"뭔데?"

"우리 집안의 모든 액운과 흉사는 이 할애비가 지고 갈 것이다. 앞으로 아가는 큰 아비나 아비 일 따위는 잊어버리고 행복하게 살아가려무나."

"……!"

─이제 아가는 큰아빠나 아빠 일 따위는 잊고 행복하게 살아가렴.

김집 교장이 채나에게 꼭 하고 싶었던 말이다.

바로 채나에게 남기는 유언이었다.

김집 교장은 채나가 보통 사람이 아니라는 것을 오래전에 읽었다.

'재미과학자 김철수 교수 일가 피살 사건'을 절대로 그냥 넘길 사람이 아니라는 것을 눈치챘다.

그래서 다짐을 받은 것이다. 만에 하나 채나까지 다칠까 봐.

진짜 노파심이었다.

이제 천상천하 유아독존이 된 선문의 대종사였다.

채나가 아주 희미한 미소를 띠며 고개를 끄덕였다.

김집 교장이 안도의 한숨을 몰아쉬었다.

채나는 농담이라도 거짓말을 하지 않는다.

여든이 넘은 할아버지의 부탁이었다.

미국에서 한국으로 올 때 목표했던 모든 것을 이루었다.

결정적으로 이미 복수가 마무리되고 있었다.

삐꺽!

잠시 후, 채나가 채나각의 대문을 열고 들어섰다.

"헤헤헤! 天下第一 南海彩羅閣(천하제일 남해채나각)… 저거 할아버지가 쓴 현판이지?"

"오냐! 필체가 유려하지 않느냐?"

"명필까지는 아니더라도 달필은 되겠네."

국전 작가인 신 장관에게 명필로 인정받은 채나가 이번에는 김집 교장에게 명필 대신 달필이라고 평했다.

달필하고 명필은 차이가 좀 있다.

달필은 열심히 연습하면 가능하다. 명필은 논두렁 정기라도 타고나야 한다.

채나와 김집 교장이 멋진 예서체 현판이 걸린 사랑채를 뒤로 하고 두런두런 얘기를 나누며 채나각을 돌아봤다.

김집 교장이 작심한 듯 아주 오랜 시간을 들여 채나각의 사랑채, 행랑채, 바깥채, 곳간, 안채 등을 세세히 설명했다.

꼬꼬댁!

막 김 교장과 채나가 안채에서 곳간채로 이어지는 중문을 나왔을 때 십여 마리의 토종닭이 활개를 치며 돌아다녔다.

"쟤들 뭐야?"

"우리 큰손녀 비상식량!"

"우에헤헤헤헤헤헤! 울 할아버지는 진짜 재미있어. 닭들이 내 비상식량이래?"

"내가 소일거리로 키우는 놈들이다. 측문으로 나가보자꾸나. 이 할애비 놀이터가 있다."

"정말 잘 가꿔났네. 상추부터 양배추까지 온갖 채소가 다 있어."

김 교장의 놀이터는 텃밭이었다.

시골집들이 대부분 그렇듯 채나각 또한 그랬다.

길게 이어진 돌담 옆에 김 교장의 놀이터인 오십 평쯤 되는 비닐하우스 한 동과 열 평쯤 되는 닭장이 사이좋게 붙어 있었다.

"헤! 솥단지까지 걸려 있네?"

"집수리하던 목수들이 새참을 만들어 먹던 솥이다."

"잘됐다. 우리도 새참 먹자! 생선회 몇 점 집어 먹었더니 배가 더 고파."

"허허허, 오냐. 우리 손녀 비상식량을 활용해서 백숙을 끓어먹자꾸나."

"그럼, 그럼, 그럼! 비상식량은 이럴 때 쓰라고 준비해 두는 거야."

"이 할애비는 물을 받아오마. 손녀는 닭을 잡아라!"

"옛써!"

채나의 목소리에 힘이 실렸다.

채나에게 생선회 같은 음식은 간식이다.

채나의 주식은 무조건 닭 같은 육식이었다.

꼬꼬댁! 꼬꼭!

말이 끝나기 무섭게 채나가 닭장에 들어가 서너 마리의 닭을 낚아챘다.

"저기 회장님… 최 회장님과 성 회장님이 오셨어요."

그때, 방그래가 후다닥 튀어와 나직이 말했다.

"최 회장님하고 성 회장님?? 신우그룹 회장님하고 한국체육 회장님이 오셨어?!"

"예에!"

"화아아아아, 이게 대체 무슨 일이래? 대한민국에서 둘째 가라면 서러워할 갑부 영감님들이 이 시골까지 나를 찾아와?"

채나가 어리둥절했다.

"빨랑 사랑채로 모셔, 방 부장! 두 영감님이 채나각 사랑채를 개시하시네."

"괜찮다. 김 이사! 여기서 닭백숙이나 얻어먹고 가야겠
다."

전국경제인 연합회장인 최 회장과 성 회장이 수행원들과
함께 걸어왔다.

언젠가 충무대 부속 강남의료원에서 산삼 쇼를 했던 우리
나라 재계의 거두들.

"대체 이게 어떻게 된 일이에요, 회장님들! 제가 여기 있는
건 어떻게 알고… 하긴 방 부장에게 전화 한 통이면 금방이
네."

채나가 상황을 파악하고 말꼬리를 내렸다.

"핫핫핫! 오늘 창원에서 전경련 회장단 모임이 있었다."

"마침 우리 김 이사가 남해 본가에 내려왔다는 소식을 접
하고 허겁지겁 달려왔소."

아니, 허겁지겁 달려온 용건은 다른 데 있었다.

"거두절미하고 말하지. 대한민국 경제 발전을 위해서 꼭
필요한 사람들이다. 이자들을 사면해 줘."

최 회장이 봉투 하나를 품에서 꺼내 채나에게 내밀었다.

"사면? 뭘 사라구요 최 회장님?"

"놈! 능청은?"

사면(赦免)은 선고의 효력 또는 공소권 상실, 형 집행을 면
제시키는 국가원수의 권한을 말한다.

삼권분립의 원칙이 명확한 법치국가에서는 절대 인정되면 안 되는 부분이었다.

하지만 절대군주 시절부터 내려온 은사권부터 권력분립 원칙의 예외로써 인정되고 있었다.

또, 일반사면은 특정 범죄를 범한 자 전부에 대한 사면이고, 특별사면은 특정인물을 사면하는 것을 의미했다.

역사적으로 대통령 취임식 때나 국경일에 대대적인 사면령이 내려졌다.

"부탁한다, 김 이사. 바빠서 이만 간다."

"다음 달에 미국 출장이 있소. 그때 봅시다, 김 이사."

최 회장이 초다혈질답게 바람처럼 왔다가 바람처럼 사라졌다.

명령하듯 사면을 통보하고!

"이건 또 뭐야? 개뜬금없이 쫓아와서 뭘 부탁한다는 거야 대체!"

"회장님들이 꾼 돈을 갚으라는 구나."

"치시한 영감들. 대선 때 몇 푼 보태주더니 당장 달려오네."

"허허허허헛!"

"근데 사면권은 대통령에게 있는 거 아냐, 할아버지?"

"대통령은 참모들과 상의를 해서 결정한다."

"해서 나보고 민 대통령님께 건의를 해라? 진짜 백숙 맛 떨어지네."

"백숙 맛 떨어진 김에 이 서류도 한번 살펴 보거라. 얼마 전에 어떤 노파 한 사람이 이 할애비를 찾아와 애걸복걸을 하더구나."

"무슨 일인데?"

"사형수다."

"사형수?!"

"당신 아들은 절대 사형당할 죄를 짓지 않았다고 하더구나. 결론은 나보고 너를 통해 민 대통령께 건의를 해서 사형을 면하게 해달라는 거지."

"쳇! 바보 아냐? 내가 건의한다고 죽을 사형수가 살아나나?"

"지금 우리 손녀 힘이라면 사형수 몇 명은 간단하게 살릴 수 있다."

"어, 어떤 근거로 그렇게 자신 있게 말하는 거야?"

"아가는 대통령을 만든 공신 중에 공신이다. 민 대통령은 아가 말을 듣지 않을 수가 없다."

"NO! 뭔가 부탁하려고 민 대통령님을 도운 건 아냐."

"아가는 이미 민 대통령의 최측근으로 알려진 정치가다. 민 대통령에게 부탁을 하든 안 하든 사람들은 민 태통령이 아가와 모든 일을 상의한다고 믿는다."

"내가 부탁을 하지 않아도 부탁한 것으로 생각한다?"

"정치가는 손에 흙도 피도 서슴없이 묻힐 줄 알아야 한다."

"훈화는 그 정도에서 그치시죠? 교장 선생님!"

"허허허, 이해하거라. 늙으면 말이 많아진단다."

"헤헤, 김채나 대단하네! 이제 인간의 생사여탈권까지 좌우해?"

"아가가 막대한 노력과 돈을 투자해서 얻은 권력의 무서움이다. 하여 인간은 누구나 권력을 잡으려 하지."

"그럼 할아버지는 이 사람들을 사면시키고 사형수를 살려주는 게 옳다는 거야?"

"세상에 죄 짓지 않은 사람은 없다. 단지 그 죄의 경중에 차이가 있을 뿐이다. 그런 논리로 보면 사람은 절대 사람을 잡아 가둘 수 없다. 신만이 할 수 있는 일이다."

"알았어! 일단 민 대통령님께 건의해 볼게. 다음은 대통령님이 알아서 하시겠지."

이제 인간의 생사여탈권까지 움켜쥔 갓 채나.

어쩌면 신이니까 당연한 일이었다.

어쨌든 갓 채나는 사형수 두 명을 저승의 문턱에서 이승으로 끌어내고 다시 미국으로 날아갔다.

9장

스캔들

[고객님께서 문의하신 故한상석 교수님의 빈소는 저희 장례식장 특1호실에 마련돼 있습니다. 참고로 향나무 관은 60만 원, 홍송목 관은 40만 원, 오동목관은 38만 원입니다. 수의 한산모시 특1품은… 대표전화 02…….]

"큭큭큭!"

국제법무법인 '양&김' 의 이구한 변호사가 휴대폰에 떠 있는 문자를 읽으며 킥킥댔다.

"왜? 같이 웃자고, 이 변!"

"이거 한번 보세요, 김 대표님!"

승용차 조수석에 앉아 있던 이 변호사가 뒷자리에 앉아 있는 김현미 변호사에게 휴대폰을 넘겨줬다.

"햐, 향나무 관 60만 원, 오동나무 관 40만 원… 무슨 관 값을 안내하는 메일이 다 와?"

"서울대병원 장례식장에 한상석 교수님 빈소가 어느 곳에 차려졌느냐고 물었더니 이런 문자가 같이 날아왔네요. 너무 친절하군요, 큭큭큭!"

"아호! 장례식장은 친절해도 사고다. 향나무관이 어쩌니 하니까 괜히 기분이 이상하네."

"저도 찜찜합니다. 한쪽 발을 관 속에 담그고 있는 것 같기도 하구요."

이 변호사와 김 변호사가 휴대폰에 떠 있는 문자를 보며 쓴웃음을 삼켰다.

사실이다.

친절한 것도 좋지만 실제로 장례식장에서 수의가 얼마니, 영구차가 얼마니 하는 따위의 안내 문자가 오면 기분이 별로다.

아니, 장례식장에서 문자가 오는 것 자체가 불쾌하다.

이런 문자가 자주 날아온다는 것이 함정이고.

"…근데 한 교수님 자살했다는 소문 말입니다, 대표님?"

이 변호사가 뭔가 궁금한 것이 있는 듯 눈치를 보며 입을 열었고.

"소문이 아니라 사실이야. 실험실에서 실수로 황산을 마시고 병원에서 치료하시다가 요양 중에 아파트에서 뛰어내렸어. 경찰에서도 명확한 자살로 결론을 내렸고."

김 변호사가 베테랑 변호인답게 이 변호사의 의문점을 간단하게 정리했다.

"인터넷 쪽에서는 여전히 말이 많던데요. 황산은 냄새가 역해서 입에 들어가는 순간 반사적으로 뱉는다며. 저명한 교수가 황산을 음료수로 알고 마셨다는 것 자체가 말이 안 된다. 어쩌고 하면서요."

"내 주위에서도 그런 말을 많이 해. 누군가 한 교수님을 협박해서 자살로 몰고 갔다고! 말은 돼. 근데 심증은 있는데 물증이 없는걸. 돌아가신 분을 쫓아가서 물어볼 수도 없잖아?"

"사실 이상하긴 해요. 유명한 화공학과 교수가 화공약품을 잘못 다뤄 치명상을 입고 그게 원인이 되어 돌아가셨다는 게 영……."

"바보, 이 변! 총을 갖고 있고, 사용하는 군인이 총상을 입지, 일반인이 총상을 입나?"

"큭! 대표님 말씀에 격하게 공감합니다."

지금 승용차 안에서 '양&김'의 이구한 변호사와 김현미 변호사가 갑론을박하는 건, 서울대학교 화학공학과 한상석 교수 황산 음독 사건이었다.

본인의 부주의에서 빚어졌다고 알려진 이 사건은 지난해 연말 우리나라의 모든 언론 매체가 덤벼들어 떠들어댔다.

한상석 교수는 미국 카네기재단에서 수여하는 올해의 과학자 상을 두 차례나 수상한 세계적으로 유명한 화학자였다. 거기에 강력한 차기 노벨 화학상 후보로 꼽히고 있었기에 세인들의 이목을 끌었다.

황산은 맹독성 화학물질로 분류된다.

우리가 화공 약품 판매점에 가서 구입할 때는 반드시 인적 사항을 기록해야 한다.

물론 인적 사항을 속여도 어느 누구도 따지지 않는다.

"그래서 조의금을 얼마나 넣어야 돼? 김 변!"

차내에 달려 있는 룸미러를 쳐다보며 전기면도기로 수염을 깎던 양동길 변호사가 한상석 교수 사건에는 전혀 관심이 없는 듯 생뚱맞은 질문을 던졌다.

"글쎄… 양 대표하고 한 교수님은 가까운 사이도 아니잖아?"

"멀다고도 할 수 없어. 서울대 총동창회에서 임원으로 같이 활동했으니까!"

"그럼 5만 원이 적당하겠다. 양 대표 얼굴도 있으니 말야."

"김 변은 얼마나 할 거야?"

"난 한 교수님하고 먼 인척간이잖아. 10만 원은 해야지 싶네."

"그럼 나도 10만 원 하지 뭐! 언제 돌려받을지 기약 없는 돈이라서 속은 좀 쓰리지만 김 변 집안 어른이니까 넘어가자고."

"하아? 양 대표 청와대 들어간다고 하더니 엄청 후해졌다. 대한민국 정부에서 공식 지정한 조의금 액수가 2만 원이라면서! 그 이상은 부모님이 돌아가셔도 못 낸다고 소리치던 사람이잖아?"

"이름도 성도 모르는 경조사 청구서가 마구 날라 오니까 그렇지 무슨?"

"아하하하!"

양동길 변호사는 원래 이런 사람이었다.

양복 한 벌로 사철을 날 만큼 지독한 구두쇠였다.

조의금이든 축의금이든 철저하게 따지고 계산했다.

양 변호사와 김 변호사는 서울외고 동기에, 서울 법대 동기 동창으로 미국 동부의 명문 대학인 예일대 로스쿨까지 같이 졸업했다.

'양&김'이라는 국제 법무 법인을 공동으로 설립할 만큼 아주 가까운 사이였다.

당연히 김 변호사도 채나교도였다.

만약 빅마마 박지은이 없었다면 분명히 결혼을 했을 것이다.

두 사람은 지금 후배 변호사와 함께 김 변호사의 친척인 한 상석 교수의 장례식장에 가는 길이었다.

한상석 교수는 고인이 되기 전까지 서울대 교수로 재직했기에 서울대병원 장례식장에서 장례를 치렀다.

김 변이니 이 변이니 하는 호칭은 동료 변호사들끼리 부르는 변호사의 줄임말이고.

"그럼, 양 대표님이 청와대 부속실장으로 들어가시는 거는 확실하게 결정된 겁니까?"

"응! 사흘 전에 민 대통령님께서 재가하셨어."

"역시 강호의 소문은 정확하군요."

"무슨 말이야?"

"우리 사무실에 대선이 끝나기 바쁘게 굵직굵직한 건들이 폭주하고 있습니다. 박 사무국장이 날마다 양비어천가를 부를 정도입니다. 이 모두 대한미국 정계의 막강한 실력자로 등극한 양 대표님의 은덕 덕분이라구요."

"양비어천가? 재미있다 우후후!"

"츳! 세상인심 정말 무서워."

이 변호사가 조선왕조시절 세종 이전의 육대 조를 칭송한 용비어천가를 양비어천가로 바꿔 양 변호사를 추켜세우자 김 변호사와 양 변호사가 실소를 터뜨렸다.

"뒷북입니다만, 이왕 청와대에 들어가실 바에야 사정 수석이나 민정 수석이 훨 낫지 않았을까요? 영양가 면에서 말입니다."

"내 나이가 있잖아! 사십도 안 된 놈이 청와대 수석 비서관을 맡으면 엄청 까일 거 아냐. 일단 청와대 부속 실장으로 만

족하자고. 대통령님을 최측근에서 보필하면서 대통령학을 공부할 절호의 기회니까."

양 변호사가 채나가 했던 말을 살짝 포장해서 던졌다.

"고위층의 명령이기도 하구."

"고위층요?!"

"울 존경하는 교주님!"

"큭큭큭, 맞죠! 김채나 씨 정도면 대한민국 최고위층이 맞죠. 대통령까지 배출하시는 분인데 당근이죠."

이 변호사가 서울 법대 출신답게 양 변호사가 청와대 부속 실장이 된 경위를 쉽게 눈치챘다.

"어쨌든 감축드립니다. 유력한 차차기 대한민국 대통령 후보 되신 거!"

"흐흐흐! 내일 태양이 떠오를지 어떨지 모르는 세상인데 두고 봐야지. 인사는 고마워."

"에효, 부럽다. 곧 마마가 대통령 영부인이 되시겠네!"

갑자기 김 변호사가 한숨을 길게 내쉬며 질투 어린 음성을 내뱉었다.

"아하하… 진짜 박지은 씨하고 요즘 잘되신다면서요? 양 대표님!"

"미달이 이 변! 짠돌이 오빠가 한 교수님 조의금으로 10만 원씩 쏠 땐 다 이유가 있는 거야."

"오오… 그렇게 깊은 뜻이 있었군요. 한 교수님이 서울대 교수셨고, 빅마마도 서울대 교수니 당연히 장례식장에 올 거다. 잘 보여서 나쁠 것 없다?"

"왜 쥐꼬리 수염을 열심히 손질하고 있겠어? 눈꼴셔서 정말! 조의금만 내고 후딱 와야겠어."

"야, 김 변! 처녀, 총각이 연애하는데 뭐가 눈꼴시다는 거야?"

"여자 사람은 그런 게 아냐. 내가 아가씨 시절에 양변 좋아했잖아? 결혼까지 생각했구."

"개빡치네. 내가 동물원장이냐? 코끼리 키울 일 있냐구?"

"코, 코끼리?! 진짜 양똥 넘 심하다."

"뭐가? 코끼리를 코끼리라고 하지 그럼 기린이라고 해?"

"크크크큭!"

김 변호사가 박지은을 질투하면서 쏘아대자 양 변호사가 코끼리라는 별명을 들이댔고, 다시 김 변호사가 양똥으로 공박했다.

이 변호사 등이 자지러졌고.

"어후, 열 받아! 울 신랑한테 이를 거야? 양똥!"

"좋으실 대로. 근데 코끼리라는 별명을 붙인 사람이 내가 아니라고. 유감스럽게도 정기형이야. 김현미 대표 변호사님의 위대하신 남편님!"

"저, 정말이야? 이 웬수가 진짜!"

"아하하하!"

양 변호사와 김 변호사는 이렇게 토닥거릴 만큼 허물없는 사이였다.

끽!

그때 자동차가 멈췄다.

"일단 내리시죠. 지하 주차장에 파킹시키고 즉시 올라가겠습니다."

"그러자구! 오 과장 수고했어."

"예, 대표님."

양 변호사가 운전기사에게 인사를 하며 막 승용차 문을 열 때.

서울시 번호판을 부착한 개인택시 한 대가 멈춰 섰다.

개인택시가 양 변호사가 타고 있던 승용차보다 늦게 정차했지만 사람이 내린 것은 한발 먼저였다.

역시 장례식장에 오는 손님인 듯 검은색 정장을 걸치고 있었다.

꽤나 세련돼 보이는 삼십 대 여성.

중국 동북 제11여자교도소에 수감돼 있다가 특사로 풀려난 곽순희 인민해방군 중교였다.

곽 중교는 미국에 건너가 인간 사냥에 나섰지만 번번히 실패했다.

천신만고 끝에 타깃 하나를 잡았고 미화 100만 달러를 거머쥐었다.

곧바로 다음 목표물을 좇아 중국, 대만, 일본을 이 잡듯 뒤졌다가 한국에서 타깃을 발견했다.

즉시 작업에 들어갔고, 확실하게 마무리하기 위해서 서울대병원 장례식장을 찾았다.

실은 곽 중교는 진짜 전문적인 특수전을 수행하는 군인이었다.

중국의 명문 대학인 청화대학에서 화공학을 전공한 재원으로 생화학전이 주특기였던 것이다.

한상석 교수가 실험실에서 황산을 마실 수 있도록 도와준(?) 사람이 바로 곽 중교였다.

한상석 교수는 곽 중교가 미국에서부터 추적해 온 미화 100만 달러짜리 사냥감이었다.

웅성웅성!

잠시 후, 곽 중교가 수십 개의 조화와 함께 문상객이 붐비는 서울대병원 장례식장 특1호실로 들어섰다.

'이런! 조의금을 내야 하잖아, 얼마를 내지?'

곽 중교가 재빨리 주위를 살폈다.

한국에 들어온 지 얼마 되지 않았기에 대한민국 정부가 공식 지정(?)한 조의금 액수가 2만 원이라는 것을 몰랐다.

옆에 중년 남자가 3만 원을 담자 곽 중교도 조의금을 접수하는 호상소에서 흰 봉투를 얻어 만 원짜리 석장을 넣었다.

막 봉투를 내밀 때였다.

와아아아! 짝짝짝!

갑자가 장례식장 입구에서 환성과 함께 박수가 터졌다.

"······!"

곽 중교가 화들짝 놀랐다.

놀랄 만도 했다.

결혼식장도 아니고 장례식장에서 환성과 박수가 터졌다는 얘기는 듣지도 보지도 못했기 때문이다.

조선족인 곽 중교조차 아주 잘 아는 유명한 스타가 공손하게 머리를 숙이며 실내로 들어섰다.

빅마마 박지은이 십여 명의 동료 교수와 함께 걸어왔다.

박지은은 이런 사람이었다.

장례식장에서조차 환호와 박수를 받는 대스타.

곽 중교가 박지은을 보고 또다시 놀랐다.

이번에는 복합적인 놀람이었다.

소문으로 들었던 동양 제일 미인인 박지은을 코앞에서 만났다는 것.

영화에서 봤던 것보다 실물이 훨씬 기품있고 예쁘다는 것.

곽 중교가 호기심 반으로 박지은과 보조를 맞춰 빈소가 차려진 분향소에 입실해 분향과 헌화를 한 뒤 음식들이 차려져 있는 조문객실로 들어섰다.

박지은 일행이 자리 잡은 바로 옆 테이블에 나란히 앉았고.

재미있게도 몇몇 손님도 곽 중교처럼 박지은에게 관심이

있는지 곽 중교가 앉아 있는 테이블에 합석을 했다.

"애써 모른 척하려고 했는데… 진짜 굉장하다, 박 교수!"

박지은과 함께 앉아 있던 사십 대 여성이 고소를 머금으며 입을 열었다.

"아마 장례식장에 조문객으로 와서 박수와 환호를 받는 사람은 이 세상에서 박 교수밖에 없을 거야."

"교수님들도 참!"

동료교수들의 칭송에 박지은이 민망한 듯 얼굴을 붉혔다.

'흠! 서울대 교수님들이시네. 서울대 교수님들은 이렇게 생기셨군.'

곽 중교가 박지은과 동료 교수들을 슬쩍 훔쳐봤다.

조선족 출신이었기에 서울대가 대한민국 최고의 명문대학이라는 것을 알고 있었다.

해서 서울대 교수들의 생김에 급 호기심이 일었고.

곽 중교는 군에 들어오기 전에 교수를 꿈꿨던 적이 있었다.

빈한한 집안 형편 때문에 군인이 됐지만.

"저는 그래도 사인 받으러 오지는 않잖아요? 후후후!"

"왜? 누가 초상집에 갔더니 조문객들이 사인 받으려고 쫓아왔대?"

"조문객뿐만 아니라 상주까지 뛰어오더라구요."

"하하하, 알겠다. 갓 채나께서 장례식장에 떴구만!"

중년 남자 교수가 박지은의 말을 제일 먼저 알아들었다.

"네에! 장례식장이 졸지에 교주님 사인회장으로 바뀌었어
요."

"할 말 없네! 상주까지 뛰어왔다니, 원……."

확실히 박지은은 채나교의 수석 장로였다.

때와 장소를 불문하고 채나 자랑에 여념이 없었다.

장례식장을 다녀본 사람들은 알지만 조문객 중 실제 고인
을 추모하려고 방문한 사람은 그리 많지 않다.

열에 아홉은 조의금 품앗이 차원에서 온 사람들이다.

고인에게 조의를 표하기보다 지인들과 술 한잔 마시고, 웃
고 떠들고, 화투나 카드를 치다가 돌아간다.

서울대학교 교수들이라고 해서 예외는 아니었다.

네티즌들이 한상석 교수의 죽음에 의문을 품었거나 말았
거나 장례식장까지 와서 조의금을 건넸으니 자신들의 의무를
다했다고 생각했다.

죽은 사람만 바보다.

'갓 채나! 꼭 한 번 찾아뵙고 인사를 드려야 할 분. 우리 조
선족의 영웅. 그 살벌했던 동북교도소에서 버티게 해준 바로
그분!'

곽 중교가 채나 얘기를 들으며 자신 모르게 암울했던 동북
교도소를 떠올렸다.

그리고 그 기억을 지우려는 듯 소주를 맥주잔에 담아 원 샷
을 했다.

"우리나라에서의 인기는 그냥 맛보기예요. 미국에서는 그야말로 갓 채나! 백인이고, 흑인이고, 히스패닉이고 정신을 못 차릴 정도예요. 텍사스 메모리얼 스타디움에서 열린 콘서트에 갔었는데 이건 뭐 가수의 공연이 아니에요. 진짜 어떤 종교단체의 교주가 광신도들을 데리고 집회를 여는 것 같았어요. 메모리얼 스타디움을 꽉 메운 십오만 관중이 채나의 일거수일투족에 울고 웃는데… 어후후후—"

박지은이 기가 막힌 채나의 월드 투어를 떠올리며 탄성을 뱉었고.

"그렇다고 하더라구. 내 친구가 미국 여행을 갔다가 어찌어찌 암표를 사서 시카고 공연을 관람했는데 아직도 가슴이 쿵쾅거린대! 특히 오프닝 송으로 생 라이브로 노래를 하는데 딱 신의 음성이더래."

동료교수들이 맞장구를 쳤다.

현재 미국에서 진행되는 채나의 월드 투어는 회가 거듭될수록, 시간이 갈수록, 더욱더 화제를 불러일으키고 있었다.

"아까워. 우리 학교에서 꼭 잡았어야 했는데 말야."

"걱정 마세요. 내년쯤 우리 학교에 꼭 출강할 거예요."

"정말?!"

"후후후, 갓 채나 체포 작전이 차근차근 진행되고 있거든요."

"저는 박 교수 잡을 작전을 차근차근 진행하고 있구요."

양 변호사와 김 변호사 등이 환하게 웃으며 다가왔다.

박지은과 함께 앉아 있는 사람들은 서울대 교수들로서 몽땅 서울대 출신이었다.

양 변호사는 서울 법대 출신으로 총동창회 등 여러 가지 일로 모교를 뻔질나게 드나들었다. 총장부터 시작해서 모르는 교수가 없었다.

그때마다 은근히 박지은과의 로맨스를 띄운 덕에 서울대 교수들은 대부분 양 변호사와 박지은이 결혼을 전제로 사귀고 있는 것으로 착각했다.

"하하하! 어서 오십시오, 양 변호사님."

"안녕들 하셨습니까? 존경하는 교수님들!"

양 변호사가 교수들이 앉으라는 말을 하기도 전에 잽싸게 박지은의 옆에 주저앉았다.

"어떻게 '우리 정부' 내각은 모두 구성됐습니까?"

"인수위는 잘 가동되고 있죠?"

"이번에 청와대 고위직을 맡으셨다면서요?"

"교수님들이 응원해 주신 덕분에 모든 일이 순조롭게 진행되고 있습니다."

교수들이 기다렸다는 듯 질문을 쏟아냈고 양 변호사가 경쾌한 음성으로 대답했다.

"나랏일을 하려면 빨리 결혼부터 하셔야 되는 거 아닌가요, 양 변호사님?"

"아무래도 국민들이 총각보다 가장을 더 신뢰하지 않을까요?"

"맞습니다. 전 내일이라도 장가를 가고 싶은데 이 친구가 뜸을 들여서 힘드네요!"

"무, 무슨 말을 하는 거야? 양 선배!?"

양 변호사가 버릇처럼 뻥포를 날렸고 박지은이 얼굴을 확 붉혔다.

"호호! 소문이 사실이었네. 우리 박 교수랑 양 변호사님 앤 사이라는 거."

"박 교수가 강하게 부인하지 않는걸 보니까 팩트구만."

"정말 잘됐다. 환상의 커플이야. 대한민국 최고의 미인과 최고의 천재, 그림이다."

"조만간에 전화주시지요. 술 한잔 대접하겠습니다, 강 교수님."

"그림이 아니라 드림… 꿈같은 한 쌍이야."

"이 교수님도 시간 좀 내시구요."

"하하하! 깔깔깔!"

"누가 변호사 아니랄까 봐, 말 펀치 봐?"

"머리가 눈부시게 돌아가."

"아후, 창피해… 주책 좀 그만 떨어, 바보야!"

"예이— 마마님!"

"호호호, 핫핫핫!"

박지은이 다시 얼굴을 붉히며 양 변호사를 살짝 꼬집으며 멘트를 날렸고, 양 변호사가 코믹한 리액션으로 받았다.

묘하게도 두 사람이 주고받는 멘트와 리액션은 교수들이나 김 변호사 등이 듣기에는 사랑하는 연인의 밀어처럼 들렸다.

'절대 믿지 않았는데! 내가 갓 채나 다음으로 존경하는 빅마마가 진짜 썩은 모과처럼 생긴 놈팡이하고 사귀고 있었네. 실망이다.'

썩은 모과!

곽 중교가 양 변호사에게 난쟁이 똥자루에 이어 별명 하나를 더 붙여줬다.

"저기 사모님! 곧 입관식을 한다고 상주분들 모두 영안실로 오시라는데요?"

"네에, 금방 갈게요."

"......!"

조문객실 저편에서 검은 상복을 걸친 채 얼이 빠져 있는 중년 부인과 청년이 나누는 얘기가 곽 중교의 귓속으로 또렷이 파고들었다.

입관식은 염습한 시신을 관 속에 넣는 의식을 말한다.

영안실은 시신을 보관하는 장소를 가리키고

'아쉽네. 빅마마 커플을 좀 더 지켜보고 싶었는데…….'

곽 중교가 조용히 일어섰다.

한상석 교수의 시신을 자신의 눈으로 확인하는 것!

곽 중교가 오늘 서울대병원 장례식장을 찾은 이유였다.

"한 교수님 사모님 되시죠?"

"네에, 그런데요?"

"곽영순 경위입니다. 서울경찰청 특수 수사과에서 나왔습니다."

곽 중교가 중년 부인에게 신분증을 내밀었다.

"아… 네에, 수고 많으십니다. 제발 우리 그이 마음 편히 하늘나라에 갈 수 있도록 도와주세요."

"최선을 다하겠습니다. 일단 영안실로 가시죠."

곽 중교가 오래 동안 경찰들과 조문객들에게 시달린 한상석 교수의 부인을 부축하며 조문객실을 빠져나갔다.

"흑흑… 아빠!"

"여보, 잘 가세요! 하늘나라에서도 당신 좋아하는 공부 열심히 하시구요."

영안실에서 장례 지도사의 안내에 따라 엄숙하게 입관식이 진행되었다.

상주와 십여 명의 가족이 오열했다.

곽 중교가 정말 서울경찰청에서 파견 나온 경찰처럼 염습이 된 한 교수의 시신을 예리하게 쏘아봤다.

'오른쪽 엄지손가락의 삼분지 이가 잘려 나간 걸 보니 한 교수 시신이 확실해.'

오른쪽 엄지손가락의 삼분지 이.

곽 중교가 한 교수에게 황산을 마시게 해서 죽지도 살지도 못하게 만든 후, 인증을 하기 위해 잘라간 신체의 일부분이었다.

한데 한 교수의 시신은 오른쪽 엄지손가락뿐만 아니라 왼쪽 귀도 없었다.

'원래 귀도 한쪽 없었나? 왼쪽 귓바퀴가 사라진 것 같은데……'

곽 중교가 한 교수의 시신을 살펴보며 고개를 갸우뚱할 때.

"이제 입관을 하도록 하겠습니다. 상주들께서는 생전에 고인께서 아끼시는 물건이나 기념품을 관속에 넣어주시기 바랍니다. 또, 먼 길을 가실 때 사용하시라고 넉넉하게 노잣돈을 넣어주시기 바랍니다."

"흑흑흑!"

장례 지도사의 이어지는 멘트에 상주와 친인척들이 다시 오열을 했다.

'노잣돈이라고? 죽어서도 돈이 필요하네. 시신을 볼모로 돈을 뜯어댄다? 이 장례 지도사가 살인청부업자인 나보다 한 수 위야, 끅끅끅!'

곽 중교가 잇새로 쓴웃음을 뱉었다.

덜컹!

장례 지도사들이 관 뚜껑을 닫았고.

"⋯⋯!"

찰나 곽중교의 눈알이 곧 튀어나올 듯 커졌다.

參

관 뚜껑 위에 나뭇결 문양처럼 한문으로 쓰인 3이라는 숫자가 선명하게 새겨져 있었기 때문이다.

'이런 뒈질― 어떤 작자가 먼저 왔다 갔어. 그래서 왼쪽 귀가 없었던 거야!'

곽 중교가 전신을 부르르 떨며 황급히 영안실을 벗어났다.

3은 이제 세 명이 남았다는 뜻이었다.

세상에서 채나 만이 알고 있는 숫자였다.

재미과학자 김철수 박사 일가족 피살 사건에 한국인도 가담했다.

김철수 박사와 대학 동기로 꽤나 친했던 한상석 박사가 그 사람이었다.

미 중앙정보국 CIA는 친구도 원수로 만드는 무서운 조직이었다.

"씨아앙! 이제야 돈이 입금되지 않은 이유를 알겠군. 내가 목표물을 잘못 찾은 것이 아니라 다른 놈이 나보다 먼저 해치우고 인증을 한 뒤 돈을 받고 사라졌어."

곽 중교가 장례식장 밖으로 나오며 이를 갈았고.

"벌써 몇 번째야. 어쩔 수 없지 뭐. 빨리 다른 목표물을 찾는 게 상수야."

이내 포기했다.

그랬다.

곽 중교는 지난해 연말에 한국에 들어와 한 교수에게 황산을 마시게 해서 죽지도 살지도 못하게 했다.

신체 일부분을 떼어 인증을 하고 기다렸는데도 약속한 돈이 입금되지 않았다.

그 와중에 한 교수가 자살했다는 소식을 접했고, 대체 어디서 뭐가 잘못됐는지 그 이유를 알기 위해 장례식장으로 달려왔던 것이다.

원인은 자신보다 먼저 다녀간 살인청부업자였다.

놈이 한발 빨리 일을 처리하고 돈을 받아 사라졌던 것이다. 미국에서처럼…….

"아, 참?"

한상석 교수 건은 깨끗이 포기한 곽 중교가 몇 걸음 옮기다가 뭔가 생각난 듯 손에 쥐고 있던 신문을 쳐다봤다.

"이건 전해주고 가야지!"

곽 중교가 다시 조문객실로 들어가 박지은에게 신문을 건넸고.

"팬입니다. 결혼을 진심으로 축하드려요. 빅마마님!"

"꺄악! 이게 뭐야?"

박지은의 비명을 뒤로 하고 몸을 돌렸다.

〈국민배우 빅마마 박지은 올 가을 결혼!〉

곽 중교가 건네준 스포츠 신문 일면에는 박지은과 양 변호
사가 다정하게 포옹하고 있는 사진과 함께 주먹만 한 활자가
쾅쾅 박혀 있었다.

〈상대는 유명한 Y 변호사로 빅마마와 아주 가까운 지인의 말을 빌
면 양가에서 이미 두 사람 사이를 인정하고…….〉

"이, 이거 누구 짓이야? 양 선배 짓이지?"

"아이고 마마님, 고정하세요! 저 변호사랍니다. 감히 이런
대형 사고를 어떻게 쳐요?"

"그럼 누구야? 누구냐구?"

"참나, 그걸 내가 어찌 아냐구! 나도 지금 이 자리에서 처음
본 기사야."

"터질 게 터진 거지, 뭐. 기자가 두 사람 데이트할 때 옆에
있었던 것처럼 기사를 썼네."

박지은이 펄펄 뛰었고 양 변호사가 머리를 북북 긁었다.

김 변호사 등이 재미있다는 듯 빙글빙글 웃어댔고.

"푸후후— 이 사진은 얼마 전에 청남대에 갔다 올 때 찍은 거잖아? 버스 안에서 교주가 장난으로…….

박지은이 신문을 째려보며 날뛰다가 일순 말을 멈추면서 기광을 번뜩였다.

"이이이— 계집애 짓이야. 갓 채나! 이 여우할미새 같은 년!"

"아하하하! 호호호!"

뒤이어 박지은이 채나를 욕하며 난리법석을 떨자 양 변호사 등이 뒤집어졌다.

평소 박지은의 입에서는 절대 들을 수 없는 말이 쏟아졌기 때문이다.

또, 모두가 인정했다.

천하의 국민배우 박지은의 스캔들을 이렇게 확실하고 명확하게 터뜨릴 수 있는 사람은 세상에 딱 한 명밖에 없었다.

갓 채나!

채나가 터뜨린 이 폭탄 덕분에 박지은과 양 변호사는 아주 맑은 가을날 백년가약을 맺었다. 민광주 대통령이 현직 대통령 신분으로 주례를 맡았고.

약속대로 채나가 축가를 불렀다.

10장

마지막 콘서트

"오해는 하지 마. 울보야! 진짜 궁금해서 묻는 거야."

"뭔데?"

"왜 나한테는 저작권료나 출연료가 한 푼도 안 들어와?"

"뜬금없이 웬 돈타령?"

"우리 학교 교수님들이 자꾸 보채. 갓 채나 월드 투어에 게스트로 가고 앨범 제작에 참여해 떼돈을 벌었으면서 왜 한턱도 안 쏘냐고 말야."

"그래서?"

"그게 그렇더라고. 한국에서만 2,000만 장 이상 나간 스페셜 앨범에 '디어 마이 프랜드'를 비롯해 내가 작곡하고 듀엣으로 참여한 곡만도 두 곡이나 있잖아. 곧 3억 장을 돌파한다는 정규 앨범 1집 '드라곤'에도 내가 작곡하고 듀엣으로 참여한 곡이 세 곡이나 되고. 또 울보가 월드 투어를 시작하면서 다섯 번씩이나 게스트로 참석했잖아. 근데 내 통장엔 1센트도 안 찍히니까 좀…….”

“지금 나한테 따지는 거야? 신랑!”

“따, 따지긴, 그냥 그렇다구!”

“아하하하하!”

케인이 스페셜 앨범과 정규 앨범 등에 참여한 대가를 요구하다가 채나의 눈이 가늘어지자 그대로 꼬리를 말았다.

지켜보던 김용순과 방그레 등 스태프들이 깔깔댔고.

케인이 입이 튀어나올 만했다.

채나의 앨범 제작에 참여했던 모든 사람과 월드 투어를 같이 뛰고 있는 모든 스태프 중 일등공신은 바로 케인이었다.

반대로 모든 사람은 엄청난 돈을 벌었고, 벌고 있었지만 케인은 동전 한 푼 받지 못했다. 케인이 요구하지도 않았고, 채나도 줄 생각이 전혀 없었다.

네 돈, 내 돈을 따진다면 그건 부부가 아니라 남이다.

이것이 채나가 생각하는 평소 부부관이다.

“결론이 뭐야? 뭘 바라?”

“후후! 그동안 내 노고를 인정해서 하버드에서 콘서트 한 번 해주면 안 될까? 교수님들이나 학생들이 울보를 엄청 보고 싶어 해. 나도 우리 마누라님을 무지무지 자랑하고 싶고!"

"알았어! 에반스 이사님."

"예, 채나 씨!"

채나가 케인의 요구 사항을 확인하고 이번 월드 투어 공연의 최종 책임자인 AAA사 임원을 불렀다.

"하버드대와 상의해서 공연 일정을 잡아보세요. 미국 월드 투어를 성황리에 끝낸 기념으로 하는 앙코르 공연 형식으로요. 하버드대 교수님들과 하버드 학생들에게 선착순으로 초대권을 나눠주시고요."

"그, 그럼 무료로 공연을 하시겠다는 겁니까?"

"예! 울 신랑이 공짜로 제 앨범 작업에 참여했잖아요. 대가를 지불해야죠. 또 신랑과 저는 하버드에 빚이 많아요. 갚을 때가 됐죠."

"알겠습니다. 가능한 한 하버드대학 대운동장이나 체육관에서 하도록 하겠습니다."

"됐지, 신랑?"

"역시 우리 울보가 최고다."

"에헤헤! 울 신랑도 예뻐예뻐."

케인의 채나를 번쩍 안아 들었고 채나가 케인의 볼에 마구 키스를 했다.

케인과 채나는 어릴 때부터 이랬다.

전형적인 닭살 부부였다.

"공연 시작 십 분 전입니다."

그때 오동광 PD가 실내로 들어오면서 외쳤다.

"가자, 신랑!"

"OK!"

짝!

채나와 케인이 하이파이브를 한 후 다정하게 손을 잡고 일어섰다.

"정말 신기할 만큼 잘 어울리는 커플이야. 언니와 형부를 보면 오늘이라도 결혼을 하고 싶어."

김용순이 경호팀에 둘러싸여 실내를 빠져나가는 채나와 케인을 쳐다보며 침을 흘렸다.

"근데 똥광 오빠를 보면 결혼하고 싶은 마음이 사라지는 건 또 무슨 이유일까?"

"으히히! 지금 나와 장 박사님을 비교하는 거야?"

김용순과 오동광 PD는 그동안 진도가 많이 나가서 서로 말을 트고 지내는 사이가 됐다. 이제 방귀만 트면 완벽한 부부가 된다.

"왜, 불안해?"

"너무너무 영광이라서 그래. 장 박사님은 세계가 인정하는 저명인사잖아? 할리우드에서 러브콜이 있을 만큼 미남이구."

"똥광 오빠도 DBS에서 근무할 때 나름 유명했다며?"

"장 박사님과 딱 반대쪽으로 유명했지. 머리 나쁘고 못생

기고……."

"그래도 이렇게 솔직하고 성실한 것은 형부랑도 맞짱 뜰 만해."

김용순이 미소를 지으며 오동광 PD의 손을 잡고 실내를 벗어났다.

와아아아아아!

바로 그때였다.

길고 긴 저편 복도 끝에서 우렁찬 함성이 몰아쳤다.

시카고와 디트로이트 중간쯤에 위치한 미시건대학교 스타디움.

전 세계 종합경기장 중 두 번째로 큰 경기장.

지금 15만 명의 관중을 수용할 수 있다는 이 매머드 경기장에 필드석까지 포함해 꼭 20만 명의 관중이 운집해 있었다.

쾅쾅쾅쾅쾅쾅쾅쾅쾅쾅쾅!

채나의 월드 투어.

미국에서 벌어지는 마지막 콘서트의 힘찬 출발을 알리는 북소리였다.

*　　　*　　　*

둥둥둥둥!

채나가 성조기가 선명한 미국대표팀 사격선수 유니폼을

걸친 채, 어깨에 샷건을 메고, 땅 위를 나는 로켓, 2억 원짜리 오토바이 채나2호를 타고, 미시건대학 스타디움의 필드를 가로질렀다.

다분히 미국 팬들을 의식한 아메리칸 스타일의 콘셉트였다.

올해 월드 투어 가운데 미국에서 열리는 마지막 콘서트라는 명분하에 AAA에서 반강제로 밀어붙였다.

노래 부르는 무대에서의 오버액션을 지독하게 싫어하는 채나였지만 어쩔 수 없었다.

지구 최고의 총잡이 채나 킴의 모습을 보고 싶어 하는 팬들이 강력하게 요청했기에 이번 월드 투어에서 처음이자 마지막으로 선보이는 퍼포먼스였다.

와아아아! 짝짝짝짝!

"갓 채나! 갓 채나! 갓 채나!"

채나가 채나2호를 탄 채 스타디움을 가로질러 입장하자 관중들이 일제히 기립하면서 우레와 같은 박수와 환호를 보냈다.

팬들이 보고 싶어 할 만했다.

확실히 오토바이를 탄 채나는 매력이 있었다.

미국사격대표팀 유니폼이 너무 멋있었다.

오랫동안 선도를 연마해서 그럴까?

비록 순정만화에 나오는 예쁜 소년 같은 얼굴이었지만 채나는 분명히 여자였다.

한데 신기하게도 칼, 총, 초대형 오토바이, SUV 자동차, 헬

리콥터 등등 남성미가 물씬 풍기는 것들이 기가 막히게 어울렸다.

한순간 채나가 어깨에서 샷건을 잡아채며 오토바이에서 나비처럼 날아올라 무대 위에 우뚝 섰다.

탕!탕!

동시에 채나가 서서쏴 자세로 허공을 향해 두 발의 총알을 발사했다.

쒸이이이이이— 펑! 펑펑펑펑!

—어서 오세요! 채나 킴 콘서트에서 와주셔서 정말 고맙습니다.

폭죽이 하늘 높이 치솟으며 스타디움을 화려하게 밝혔다.

뒤이어 허공에 떠 있던 애드벌룬이 터지면서 형형색색의 색종이들과 함께 화려한 현수막이 쏟아져 내렸다.

설마 그럴 리가 없겠지만 왠지 KBC 김기영 국장이 제주도 전국체전 전야제 때 기획했던 퍼포먼스를 살짝 베낀 냄새가 났다.

물론 그때는 채나가 오토바이 대신 말을 타고 입장했지만.

"와아아아아!"

"굿 이브닝! 방가, 방가! 안녕— 여러분!"

채나가 활짝 웃으며 모자를 벗어 흔들면서 특유의 반말 투의 인사를 했다.

"안녕하세요! 갓 채나!"

"갓 채나, 사랑해요! 반갑습니다, 교주님!"

미시건대 스타디움의 스탠드와 필드를 꽉 메우고 있던 20만 관중의 장쾌한 음성이 하늘 저편으로 메아리쳤다.

"갓 채나! 갓 채나! 갓 채나!"

관중들이 채나를 연호하며 그야말로 격하게 환영했고.

"도끼를 마음대로 휘두르는 그 여자! 그 이름은 갓 채나……."

채나 송을 합창했다.

"우헤헤헤헤헤헤헤—"

채나가 어린아이처럼 기뻐하며 무대 위를 마구 뛰어다녔다.

그 모습을 지켜보던 관중들이 채나의 매력에 푹 빠지며 채나 송을 부르는 목소리가 한껏 고조됐다.

언제부턴지 채나가 무대에서 인사를 하면 관중들은 채나 송을 합창하는 것으로 답했다.

채나가 가볍게 손을 들었다.

관중들이 잘 훈련된 군인들처럼 순간적으로 동작을 멈췄다.

등록된 회원만 5억 명이 넘는다는 채나 팬덤에서만 목격할 수 있는 무시무시한 단결력이었다.

"오늘은 좀 특별한 날이네. 올해 계획된 월드 투어 중에 미국에서 열리는 마지막 콘서트야."

"노노노노, 안 돼요! 갓 채나!"

"앵콜! 앵콜! 앵콜!"

관중들이 아쉬운 탄성을 지르며 앙코르 공연을 요구했다.

"알았어! 앵콜 공연은 일단 넘어가자고. 어쨌든 오늘 미국 공연의 피날레를 장식하는 날이니까 시간이 좀 걸릴 거야."

"네에에에! 좋아요. 우리 모두 낼 새벽에 찢어져요, 교주님!"

"아하하하!"

"지루하면 중간에 가도 좋아. 단 내가 오늘 공연 끝나고 나눠주는 CD는 포기해."

"끼약— 교주님이 CD를 하사하신대?!"

"울 교주님, 이뿌, 이뿌, 이뿌!!"

"이십만 장을 사인하려니까 장난이 아니더라구! 나흘 밤이나 새우면서 사인을 했더니 손가락에 물집이 잡혔어."

"세상에, 세상에. 갓 채나 정말……."

"이거 말이 돼? 가수가 주둥이에 물집이 잡혀야지 무슨 손가락에 물집이 잡혀? 참나!"

"호호호호! 까르르르!"

"그동안 시간어 촉박해서 한 번도 우리 스태프들을 소개하지 못했는데 오늘은 막콘이고 하니까 모두 인사시킬게."

"예에— 반갑습니다."

엄청난 환호와 박수가 터지며 미시간대학 스타디움에 설치된 열 개의 대형 전광판에 케인과 함득춘 등 스태프들의 얼굴이 비춰졌다.

"헤헤, 이 잘생긴 남자 알지? 하버드대 교수님!"

채나가 기타를 멘 케인을 가리켰고.

"닥터 케인! 닥터 테인! 닥터 케인!"

"울 교주님의 위대하신 낭군님!"

"전생에 태양계를 구한 너무너무 부러운 남자!"

관중들이 웃으면서 소리쳤다.

"맞아! 내가 이 세상에 태어나서 가장 잘한 일 중 하나가 바로 울 신랑을 만난 일이야. 울 신랑이 없었다면 난 이 무대에 서 있지 못했을 거야. 분명히!"

평소 채나답지 않게 목소리가 떨리고 있었다.

그랬다.

케인이 없었다면 채나는 이미 뉴욕의 지하주차장에서 총에 맞아 죽었다.

"아주 어릴 때부터 정말 몸 바쳐서 나를 도와줬어. 이번 기회에 고맙다는 인사를 하고 싶어 꼭꼭! 다음 생 또 그다음 생에도 부부로 함께 살고 싶다는 말을 전해 주고 싶고. 물론 신랑은 그렇지 않겠지만 말야."

"와하하하하하!"

채나의 때늦은 프러포즈에 관중들이 환호와 웃음을 보냈다.

척!

케인이 채나의 프러포즈에 화답하듯 큰 꽃바구니를 내밀

었다.

　세심한 남자 케인은 오늘 공연이 미국에서의 막콘이라는 것을 알고 있었기에 채나에게 주려고 이미 꽃바구니를 준비하고 있었다.

　"아호… 울 신랑이 이런 남자라니까!"

　"미국에서의 막콘 축하해! 우리 울보가 이렇게까지 대단한 스타가 될 줄은 나도 몰랐어. 하늘에 계신 짱 할아버지가 정말 기뻐하실 거야."

　채나가 흥분한 듯 얼굴을 붉힌 채 꽃바구니를 받았고.

　두 사람이 진한 키스를 했다.

　와아아아! 짝짝짝! 번쩍번쩍!

　환호와 박수 그리고 카메라 플래시까지 어우러지며 올해 거행되는 채나의 미국 마지막 콘서트는 시작부터 정신이 없었다.

　빰·빰·빰·빰·빰!

　이어 피아노 소리가 들리고.

　사랑하는 친구 너는 지금 어디 있니? 너무 보고 싶어

　나는 지금 어두운 도시의 골목길을 걸어간다

　어릴 때 너와 같이 뛰어놀던 그 바닷가……

　채나를 세계 가요계에 알렸던 그 유명한 노래.

케인이 채나에게 저작권료를 요구했던 그 노래.

'디어 마이 프랜드'가 세계 최강의 남녀 보컬에 의해 연주되고, 불러지기 시작했다.

오래전에 뉴욕 '보름달'에서 하듯 채나가 피아노를 연주하며 노래를 불렀고, 케인이 기타를 쳤다.

곧바로 역시 케인과 채나가 듀엣으로 불러 정규앨범 드라곤에 수록한 '화이트 캣츠와 블랙 도그' 하얀 고양이와 검은 강아지를 연주하기 시작했다.

스노우와 킹을 모델로 삼아 부른 노래.

리듬 자체가 귀엽고 흡사 동요 같은 노래.

바닥에 인종 간의 갈등이 깔려 있는 무섭게 의미심장한 노래.

채나가 미국에서 살면서 경험했던 인종차별을 바탕으로 작곡한 노래.

'헤이닥터'와 함께 어린이들이 광적으로 좋아하는 노래였다.

채나가 의도한 그대로 지금 전 세계 초등학교와 유치원에서 열심히 불리고 있었다.

확실히 오늘은 막콘이라서 그런지 기존에 해오던 콘셉트하곤 전혀 달랐다.

경쾌하고 신 나는 노래.

마구 부수는 노래로 무대가 꾸며지고 있었다.

팟!

한순간 미시간대 스타디움이 어둠에 잠겼다.

뒤이어 한줄기 황금빛 조명이 채나를 클로즈업했고.

거리를 적시는 겨울비 속으로 친구가 떠나갔네

흐르는 빗줄기와 함께 추억도 흘러갔지

거리에 전등불이 하나 둘 켜질 때 지친 몸을 일으키고

길이 없는 곳에서 길은 또 만들어지고

그대는 허리케인 블루

정규 1집 드라곤의 마지막 트랙에 수록된 '남자의 꿈' 과 타이틀 곡인 '허리케인 블루' 를 연속해서 불렀다.

언제나처럼 마이크도 밴드도 없이 생라이브 순수육성으로!

—노래하기 위해 태어난 사람.

—노래의 진리.

—지구상에서는 들을 수 없는 음성.

—인간의 목에서는 절대 나올 수 없는 신의 목소리.

—딱 한 소절만 들어도 티켓값이 아깝지 않은 천 년에 한 명 나올까 말까 한 뮤지션.

—노래로써 인류를 구원하기 위해 우주 저편에서 날아온

외계인.

탕탕탕!

다시 조명이 일제히 켜지며 십여 발의 총성이 연속해서 들렸다.

〈그동안 대단히 고마웠습니다, 팬 여러분! 곧 유럽에서 뵙겠습니다.〉

허공에서 오색 종이가 뿌려지면서 수십 개의 현수막이 내려왔다.

채나의 월드 투어 중 대중음악의 제국이라는 미국에서의 마지막 콘서트.

이 공연은 여러 가지 신기록을 세웠다.

그중 가장 획기적인 기록은 공연이 끝난 뒤 채나가 미시건 대 스타디움에 입장한 20만 관중 모두의 손을 일일이 잡아주며, 자신의 사인이 담긴 CD를 한 장씩 선물했다는 것이다.

다음 날 새벽까지, 그야말로 밤을 꼬박 새우면서.

채나교도들이 황공해서 어쩔 줄 몰랐고, 재깍 유럽으로 쫓아갔다.

호주, 중국, 일본, 그리고 한국까지!

＊　　　＊　　　＊

차차차차차착!

어둠 속에서 M16A4 자동소총을 든 채나가 바람처럼 달려
왔다.

타타탕!

지체없이 사내의 머리를 향해 자동소총을 발사했다.

"끄악!"

미해군 중장 콜린 화이트 미국정보국 DIA국장이 자리에서
벌떡 일어나며 비명을 질렀다.

이어 미친 듯이 뛰어갔고.

그대로 철창에 부닥쳤다.

"크아아아악! 빨리 문 열어! 저놈이 나를 죽이려고 쫓아와.
문 열라고, 개새끼들아!"

화이트 국장이 철창을 붙잡고 흔들면서 말 그대로 지랄발
광을 했다.

손등에 새겨진 시퍼런 킹코브라 문신이 살아 움직이듯 꿈
틀댔다.

제복을 입은 남자 간호사들이 뛰어 들어와 화이트 국장을
붙잡고 진정제를 주사했다.

화이트 국장은 꿈속까지 쫓아와 괴롭히는 채나의 환영을
더 이상 견디지 못하고 대뇌가 조금씩 파괴되며 서서히 죽어
가고 있었다.

미라처럼 빼빼 말라서.

게임 오버였다.

"…듣던 것보다 훨씬 중증이야!"

전 미국 육군 대장, 현재 미국 중앙정보국 CIA 수장인 존 밴틀리트 국장이 폐쇄회로로 화이트 국장의 광기 어린 행동을 지켜보며 고개를 흔들었다.

"극심한 업무에서 파생되는 스트레스가 가져다주는 망상 증이라? 선뜻 이해가 안 되는 병명이지만 무서운 병이라는 것은 알겠군. 보기 드물게 용감하고 똑똑한 녀석이었는데 완전히 폐인이 됐어."

미국사격협회장 겸 유명한 군수산업체인 더글러스사의 CEO인 페이지 회장이 도저히 진정이 되지 않는 듯 카우보이 모자를 벗어 부채처럼 부쳤다.

"섭섭하십니까? 당연히 섭섭하시겠지요. 회장님께서 아들처럼 돌봐주던 친구인데……."

"저 녀석에게 섭섭한 것은 없네. 녀석을 이곳에 가둬놓고 이제야 연락을 해주는 하워드가 섭섭할 뿐이지!"

"하하! 그러십니까? 그러시겠지요."

어느 날 갑자기 한국에 와서 국군기무사령관에게 채나 와의 미팅을 주선하라고 명령하던 존 국장 특유의 자신만만한 행동은 미국 십대 부자 중 한 사람인 페이지 회장 앞에서도 거칠 것이 없었다.

"남의 일 같지 않군요. 잠깐 나가시죠!"

"그러자고! 미쳐 있는 저 녀석을 보니까 나까지 미칠 것 같구만."

존 국장과 페이지 회장이 초대형 선박의 갑판 위로 올라왔다.

미 해군 병원선인 USCS 멀시호 선상이었다.

무려 한화 18조 원짜리 배.

정체 그대로 바다 위를 떠다니는 병원이었다.

천여 개의 병상을 갖추고 있는 우리나라의 대형 종합병원과 맞먹는 수준이었다.

그리고 결정적인 한 가지.

미 해군 소속 병원선으로 현역 군인들이 경비를 하고 태평양 한가운데를 항해하기에 완벽한 보안을 자랑했다. 그런 이유로 화이트 국장처럼 국가의 중대한 임무를 수행하는 미국 조야의 최고위층이 많이 입원하고 있었다.

"CIA에서 '김철수 박사 일가족 피살 사건'에 관한 모든 자료를 넘겨줬다고?"

"종료된 지 얼마 되지 않은 사건이어서 어렵지 않게 자료를 복원시킬 수 있었습니다."

"자네… 4성 장군 출신으로 CIA 국장이 되면 모가지도 서너 개쯤 되는 줄 아나?"

반짝!

페이지 회장의 눈에서 살기가 어렸다.

"하하… 죄송합니다, 회장님! 저도 어쩔 수 없었습니다. 윗분의 명령이었으니까요."

"윗분의 명령? 대통령이 명령을 내렸단 말인가? 하워드가!?"

"옛! 저는 분명히 대통령께 명령을 받았습니다. 미국 CIA 국장에게 명령을 내릴 수 있는 사람은 미국 대통령이 유일하죠."

"으헛헛헛헛헛ㅡ"

페이지 회장이 멀시호가 흔들릴 만큼 가가대소를 터뜨렸다.

"역시 정치가 놈들은 믿을 수가 없어. 내가 그놈 똥구멍에 밀어 넣은 게 얼만데, 쯧!"

"대통령께서는 당신의 앞날에 회장님보다 채나가 훨씬 도움이 된다고 판단을 하신 듯합니다."

"헛헛, 그렇겠지! 그러니까 눈썹 한 올 깜빡하지 않고 배신을 했겠지."

정말 존 국장과 페이지 회장은 산전수전 다 겪은 맹장들답게 눈썹 한 올 깜빡하지 않고 무서운 대화를 거침없이 나눴다.

하워드 대통령의 배신 운운하며…….

"그럼 지금쯤 채나 킴도 그 사건의 주역이 나였다는 것을 알고 있겠군?"

"아마도! 궁금하시면 회장님께서 직접 물어보시지요."

"......!"

우우우웅!

그때 바다 저편에서 최신형 요트 한 대가 그림처럼 다가왔다.

미국 LA에서 채나의 정규음반 쇼케이스가 열리던 날 중국 완다 그룹 총수가 채나에게 선물한 그 호화요트였다.

"채나 킴이로군."

"예! 회장님께 모든 상황을 전해드리고 채나 킴과 만나게 해드려라! 여기까지가 하워드 대통령님의 칙명이었습니다."

"그래? 우리 귀염둥이 채나 킴이 엄청나게 컸구만. 어느새 미국 대통령을 스케줄 매니저로 고용했어."

잠시 후, 페이지 회장이 미 해군 병원선 멀시호에서 호화요트로 옮겨 탔다.

"부디 안녕히 가십시오. 만나자마자 이별이군요. 지미 페이지 회장님!"

존 국장이 요트에 올라타는 페이지 회장을 지켜보며 어깨를 으쓱했고.

"5분 뒤에 발사해. 제일 큰놈으로!"

휴대폰에 대고 의미를 알 수 없는 명령을 내렸다.

"갱리치 전 대통령이 처음부터 끝까지 사건을 주도했다고?"

"그놈은 재선에 목을 매고 있는 상황이었어. 김 교수가 발견한 'X'가 다른 국가에 넘어가면 큰 데미지를 입게 되지. 어떤 식으로 든 김 교수를 처리할 수밖에 없었단다."

선글라스를 쓰고 세일러복을 걸친 채나가 요트의 키를 잡고 있었고 카이보이 모자를 쓴 페이지 회장이 냉장고에서 음료수를 꺼내 들었다.

어느 재벌가의 할아버지와 손녀가 호화요트를 타고 여행을 하는 것처럼 보였다.

"회장님은 어떤 손해를 보고?"

"나 같은 무기 상인들은 갱리치와는 다른 부분에서 타격을 입게 되지. 'X'라는 값싸고 편리한 무기가 있는데 어떤 미친 놈이 비싸고 불편한 무기를 사겠느냐?"

"그러네!"

채나가 선글라스를 이마 위로 올리며 고개를 주억거렸다.

"회장님도 분명히 인정하지? 우리 큰아빠와 아빠가 CIA의 공작에 의해서 살해되는 데 결정적인 역할을 했다는 거!"

"허허, 물론 인정한다. 하지만 반성도 했다. 그 증거로 팔자에 없는 미국사격협회장까지 맡아서 너를 후원했으니까."

"그래! 정말 고마워. 그건 나도 잊지 못할 거야."

"녀석! 고까워하지 마라. 늙은이가 공치사 한번 했다."

"아니, 고마운 건 고마운 거지. 하지만 회장님이 나를 후원해 줬다고 해서 큰아빠나 아빠, 채린이가 살아오는 건 아니잖아?"

"……!"

그 순간 페이지 회장의 눈이 커졌다.

채나의 말 때문이 아니었다.

호화 요트가 항해하는 바다 저편에서 거대한 어뢰 한정이 쏘아오고 있었기 때문이다.

바로 페이지 회장이 경영하는 군수산업체 더글라스사에서 만들어낸 최신형 어뢰 DAS 58이었다. 정통으로 맞으면 항공모함도 날려 버린다는 가공할 어뢰였다.

존 국장이 말한 제일 큰놈!

"저, 저놈은 DAS 58이다― 빨리 피해!"

페이지 회장의 말이 채 끝나기도 전에 어뢰가 그대로 요트에 처박혔다.

에필로그

지구 최후의 독재자

미합중국 워싱턴 D.C.

서기 2015년 3월 1일 동부표준시 오전 10시.

세계 정치의 중심 도시인 워싱턴의 하늘은 오늘따라 유난히 맑았다.

미합중국 대통령 당선자 채나 킴의 기자회견은 12시로 정해져 있었다.

하지만 백악관 기자실은 이미 세계 각국의 기자들이 모여들어 발 디딜 틈이 없을 만큼 복잡했다.

특이한 것은 역대 미 대통령 당선자 기자회견 때와는 달리 오늘은 유독 동양인 기자가 많다는 것이었다.

TV 뉴스를 찍는 수백 대의 ENG 카메라와 수십 대의 스텐다드 카메라가 경쟁하듯 진을 치고 있었고, 그 카메라들을 밝히는 조명 덕분에 백악관 기자실은 졸지에 시설이 그리 좋지 않은 사우나실로 변해 있었다.

딱 하나.

수십 개의 별이 붙어 있는 성조기와 대머리 독수리가 어우러진 미 대통령 문장(紋章)을 중심으로 〈PRESIDENT UNITED STATE OF AMERICA〉라고 새겨진 글씨가 둥글게 박혀 있는 연설대만이 한가롭게 그 주인공을 기다리고 있었다.

오전 10시쯤 됐을까?

새로 임명된 백악관 대변인인 로버트 맥린이 특유의 여학생 같은 걸음걸이로 연단 위로 올라왔다.

"삼십 분 뒤 기자회견을 시작하겠습니다."

인사조차 생략한 간단한 멘트였다.

"익! 삼십 분 뒤라고요?"

"대변인께서 뭔가 착각하신 것 아닙니까? 분명히 12시로 발표하시지 않으셨습니까?"

기자들이 벌 떼처럼 덤벼들었다.

로버트 대변인이 고개를 흔들었다.

"12시에는 당선자의 오찬이 예정되어 있습니다. 게스트는 바로 여러분이고, 호스트는 미합중국 대통령 당선자이십니다."

"······?"

기자들이 로버트 대변인의 말을 이해하지 못한 듯 눈을 껌벅거렸다.

"기자회견이 끝나는 대로 여기 계신 분들은 한 분도 빠짐없이 리셉션장으로 이동해 주시기 바랍니다. 대통령 당선자께서 내 집에 오신 손님에게 밥 한 끼도 대접하지 않고 보내는 것은 큰 결례라는 말씀을 하셨습니다."

"오우, 예스―"

"역시 프레지덴트 갓 채나야!"

기자들이 휘파람들을 불며 환호성을 터뜨렸다.

미국 대통령 당선자가 직접 기자들에게 식사를 대접하겠다니 기분이 좋을 수밖에 없었다.

게다가 지금 미합중국 대통령 당선자는 다른 사람도 아닌 바로 그 유명한 갓 채나였다.

"미합중국 대통령 당선자께서 입장하고 계십니다."

바로 그때 묵직한 음성이 기자회견실을 울렸다.

미합중국 대통령 당선자 채나 킴이 웨이브진 생머리에 붉은색 브라우스와 베이지색 정장을 걸친 채, 부군인 닥터 케인의 팔짱을 끼고, 특유의 환상적인 용모를 뽐내며 백악관 기자실에 들어섰다.

그 누구도 삼십 대 후반의 여성이라고는 믿지 않을 만큼 여전히 주름살 하나 없는 피부에 샛별처럼 반짝이는 눈을 자랑했다.

딱 귀여운 인형 같은 동양인 천사였다.

역대 미국 대통령 중 최초의 동양인 대통령.

역대 미국 대통령 중 최초의 여자 대통령.

역대 미국 대통령 중 가장 키가 작은 대통령.

역대 미국 대통령 중 최초의 가수 출신 대통령.

역대 미국 대통령 중 최초의 사격선수 출신 대통령.

역대 미국 대통령 중 가장 돈이 많은 대통령.

미국 대통령 당선자 채나 킴은 역대 미국 대통령 중 가장 많은 수식어를 달고 다니며, 가장 많은 화제를 낳은 주인공이었다.

그럴 수밖에 없는 것이 채나 킴 대통령 당선자는 아카데미 여우주연상을 두 번씩이나 수상한 배우였고, 빌보드 싱글 메인차트 '핫100'의 탑 텐에 무려 104곡이나 올려놓은 가수로서 세계 연예계에 전무후무한 스타였기 때문이다.

아이러니하게도 지금 백악관 기자실에 입장한 기자 중에는 정치부 기자나 사회부 기자도 많았지만, 연예부 기자도 만만찮게 많았다.

"지금부터 미합중국 대통령 당선자의 기자회견을 시작하겠습니다. 오늘은 첫 번째 기자회견인만큼 가급적이면 가벼운 질문을 많이 해주시기 바랍니다."

로버트 대변인이 간단하게 오프닝 멘트를 하고 연설대를 내려왔다.

"후우… 많이들 와주셨네요! 대단히 고맙습니다. 채나 킴입니다."

채나가 미소를 띤 채 특유의 단답형 문장으로 군더더기 없는 인사를 했다.

짝짝짝짝짝!

기자들이 우레와 같은 박수를 보냈다.

"자! 어떤 기자분께서 먼저 질문을 하실지?"

채나가 기자들을 돌아보며 가볍게 입을 열었다.

백발이 성성한 기자가 손을 들었다.

"뉴욕 타임지의 피어슨입니다. 당선자께서 지금 이 순간 가장 먼저 하고 싶으신 일이 어떤 것입니까?"

"이 연단을 제 키에 맞게 고치고 싶군요."

피어슨 기자의 질문에 채나가 거의 노타임으로 자신의 얼굴이 겨우 보이는 대통령 문장이 그려진 연설대를 가리키며 대답했다.

"아하하하하!"

기자들이 일제히 웃음을 터뜨렸다.

"역대 미국 대통령들께서 농구 선수 출신이 많으셨던 모양이네요. 연설대가 무척 높군요."

채나가 자신의 키는 전혀 생각하지 않은 채 연설대 높이를 탓했다.

채나는 지금까지 키 얘기가 나왔을 때 순순히 인정을 하거나 솔직하게 대답한 적이 한 번도 없었다. 유일하게 솔직하지 않은 부분이었다.

"하하! 워싱톤 포스트의 토니입니다. 많은 분이 궁금해하시는데 당선자께 결례가 되지 않는다면 키가 얼마쯤 되는지 여쭤 봐도 될까요?"

"결례가 됩니다! 숙녀의 키와 나이 몸무게 등을 물어보는 것은 대단히 큰 결례죠. 고로 대답하지 않겠습니다. 또 토니 기자께서는 오늘 오찬에 불참해 주시면 대단히 고맙겠습니다."

"와하하하하"

채나의 답변에 기자회견장이 뒤집혔다.

많은 기자가 지금 채나의 답변이 결코 농담이 아니라는 것을 잘 알았다.

채나에게 키 얘기를 물어보는 것은 첫 번째 금기였다.

두 번째는 아주 예쁜 소년 같다는 말이었고.

"LA 타임스의 브라운입니다. 토니 기자가 너무 무거운 질문을 한 것 같아서 저는 아주 가벼운 질문을 드리겠습니다. 이제 대통령에 취임하시면 많은 국가를 순방하시면서 정상회담을 하실 텐데, 가장 먼저 방문할 국가는 역시 대한민국

인가요?"

"결론부터 말씀드리면 예스입니다."

채나가 서슴없이 대답했다.

웅성웅성!

기자실에 약간의 소란이 일었다.

미국 입장에서 볼 때 대한민국은 새로 취임하는 대통령이 맨 처음 달려가야 할 정도로 대단한 우방은 아니었다.

"제 모국인 한국에서는 여자가 결혼을 한 뒤 신혼여행을 다녀오면 시댁보다 친정을 먼저 들르는 풍습이 있습니다. 저 또한 미국 대통령에 당선되기까지 대한민국 국민 중 한 분도 빼놓지 않고 저를 무조건 성원해 주셨습니다. 당연히 저는 한국을 제일 먼저 방문해야 합니다. 물론, 한국은 미국의 오랜 친구이기도 하기 때문 입니다."

이어서 채나가 품속에서 작은 수첩을 하나 꺼냈다.

"그리고 한국에 제일 먼저 가야 할 중대한 이유가 있습니다."

대통령 당선자의 입에서 중대한 이유라는 말이 나오자 장내가 갑자기 냉수를 뿌린 듯 조용해졌다.

"제 장부가 정확한지 모르겠지만… 이 자식, 뺀철이!"

"킥킥킥킥!"

채나 입에서 욕설이 튀어나오자 기자들이 다시 뒤집어졌다.

채나는 대통령 선거 유세 중에도 가끔 욕설을 해서 몇 번씩 설화를 겪었다.

채나가 어색한 미소를 흘리며 손을 흔들었다.

"한국에서는 자식이란 표현은 욕이 아니고 친한 사이에 쓰는 애교 비슷한 표현입니다. 그렇지요? 한국에서 오신 DBS 이용한 기자님!"

"옙! 맞습니다. 자식은 결코 욕이 아닙니다. 친구들끼리 흔히 쓰는 표현 중 하나입니다."

이용한 기자가 씩씩하게 대답했다.

"고맙습니다. 이 기자님. 근데 언제 제가 이 기자님을 겁주거나 때린 적이 있나요?"

"예?"

"대답하시는 톤이 꼭 제가 골목으로 끌고 가서 몇 대 쥐어박은 것처럼 들리네요."

"아하하하!"

다시 기자들이 일제히 폭소를 터뜨렸다.

"어쨌든 한국을 방문하면 제일 먼저 이 뺀철이라는 친구를 만나서 따질 생각입니다. 올림픽에서 삼연패를 하기까지 내 가르침이 엄청났거늘 고작 후원금이… 그리고 팀 기획의 박 회장 이놈도 그렇구……."

채나가 수첩을 보며 투덜대자 기자들이 다시 배꼽을 쥐었다.

"한국에서 온 KBC 정인숙 기자입니다, 한국 얘기가 나온 김에 한 말씀 여쭙겠습니다. 한국의 많은 국민이 당선자께서 한국 정계에 여야 할 것 없이 막대한 정치자금을 뿌려 한국 정계를 좌지우지하시는 것으로 알고 있습니다. 이 부분에 대해서 답변을 부탁드립니다."

"질문의 요지에 대해서 충분히 알겠습니다. 근데 정 기자 고향이 경상도 쪽이신가요? 발음이 약간 새네요. 좌지우지라는 발음을 잘못하면 남성의 성기를 뜻하는 '자지'로 들려서 엄청난 오해를 불러옵니다."

"와하하하하!"

대통령 당선자의 입에서 '자지'라는 말이 흘러나오자 백악관 기자실이 폭발했다.

예전부터 기자들이 곤란한 질문을 할 때 반박하는 채나 특유의 화법 중 하나였다.

"남성 기자들께서는 이해해 주세요. 남성들을 성추행하려고 한 것은 아닙니다. 정 기자 말씀대로 '자지우지'까지는 아니어도 뭐 어느 정도 영향력은 있다고 생각합니다. 제 지인들인 양 대통령님을 비롯해 꽤 많은 분이 정치를 하고 계시니까요."

채나가 어색한 웃음을 흘리며 대답할 때 KBC의 고참 기자하나가 정인숙 기자에게 다가가 곤란한 질문을 하지 말라고 슬쩍 주의를 줬다.

"또, 제 단골메뉴인 정치자금 문제를 거론하셨는데… 하여

튼 항상 이놈의 돈이 말썽이에요. 이 빌어… 먹기도 좀 그렇고!"

"크크크크!"

채나 킴이 빌어먹을이란 조금 상스러운 표현을 쓰려다가 말을 돌리자 몇몇 기자가 쓴웃음을 토했다.

"정 기자 말씀대로 '막대한' 까지는 아니고 어느 정도 후원은 했습니다. 그거 다 공개된 거 아닌가요? 후원회 명단에 보면 제 이름이 나와 있던데! 아시다시피 전 중학교 일 학년 때부터 지금까지 정치인뿐만 아니라 세계 각국의 수많은 단체에 기부금을 내왔습니다. 중학교 일 학년짜리가 무슨 정치적인 욕심이 있거나, 학교의 어떤 행정 문제를 고치려고 기부금을 낸 건 아니겠지요? 다시 한 번 말씀드리지만 전 순수한 기부금 후원금을 내왔을 뿐입니다."

"몇 분 정도나 주셨는지요? 인터넷에 보니까 민 대통령, 피 대통령, 양 대통령 등 대통령 세 명과 역대 장관들, 국회의원들까지 무려 천여 명 이상을 후원하셨다는 통계가 있었습니다."

채나의 설명에도 불구하고 정인숙 기자가 계속해서 물고 늘어졌다.

"글쎄요? 천 명이라니까 천 명이라고 하죠. 근데 머릿수를 세면서 기부나 후원을 하는 게 아니라서 정확한 숫자는 모릅니다. 여러분도 잘 알지만 이 후원금이라는 게 지인들을 통해서 사정을 하면 안 줄 수가 없어요. 내가 돈이 좀 있는 걸 알고 어른들이 와서 맨날 울면 거절할 방법이 없거든요. 이 정도로 답변을 대신 하겠습니다."

채나가 정인숙 기자에게 손을 흔들며 대답을 끝냈다.

더 이상 질문은 하지 말아달라는 사인이었다.

그 사인에 정인숙 기자는 입을 다물었지만, 이번엔 일본 기자가 그 사인을 무시하고 질문을 던졌다.

"죄송합니다. 프레지텐트 채나 킴! 일본 요미우리의 가네다입니다. 정치적인 질문을 좀 더 하겠습니다."

"괜찮습니다. 정치가에게 정치적인 질문을 하는 것은 결례가 아닙니다. 어떤 기자분처럼 숙녀의 키나 몸무게를 물어보시지만 않으면 됩니다."

"까르르르르!"

기자들이 깔깔대며 키에 관한 질문을 한 토니 기자에게 찍혔다는 제스처를 보냈다.

"이번 선거에서 미국은 말할 것도 없고, 일본, 영국, 러시아, 중국, 한국 등 세계 각국에서 당선자께 막대한 후원금이 쏟아졌습니다. 정말 상대 후보인 공화당의 파월 주지사가 새파랗게 질릴 만큼 엄청난 액수가 들어 온 것으로 알고 있습니다. 반대로 얘기하면 그동안 당선자께서 그만큼 세계 각처의 정계에 막대한 정치자금을 후원하신 것이 아닌가 하는 생각이 드는데… 이 점에 대해서 한 말씀해

주시지요."

"파월 주지사가 어느 정도 돈을 보고 새파랗게 질렸다는 건지 모르겠네요. 전 1조 달러 정도는 돼야 새파랗게까지는 아니어도 그런대로 얼굴색이 변하거든요."

"아하하하하!"

다시 기자회견장에 웃음의 비가 쏟아졌다.

채나는 어느새 적재적소에 멋진 조크를 던지는 완벽한 정치가로 변신해 있었다.

젊은 시절 도끼를 마음대로 휘두르던 그 여자는 어디에서도 찾아볼 수 없었다.

"세계 각처에서 후원금이 들어온 것은 부인하지 않겠습니다. 저와 함께 동문수학했던 지인들 가운데 정치도 하고 사업도 하는 분이 많이 계셔서 제가 음으로 양으로 도와드린 건 사실입니다. 하지만 제 주머니에서 직접 현금으로 드린 분은 별로 없습니다. 이 정도로 답변을 하지요."

채나가 짧게 대답하고 넘어가려 했지만, 가네다 기자는 계속 질문을 던졌다.

"추가 질문을 드리겠습니다. 이미 당선자께서 캘리포니아 주지사 시절부터 미 국무성 장관으로 계실 때, 세계 정계의 킹메이커니 유엔 군주니 하는 별명들을 가지고 계셨습니다. 얼마 전까지 만해도 미연방준비제도 이사회 의장으로서 미국 경제 및 세계 정계를 쥐락펴락하는 분이셨습니다. 이제 미국 대통령까지 되셨으니 앞으로 어떻게 세계 정계를 운영하실지? 말씀해 주시기 바랍니다."

가네다 기자의 말은 빈틈이 없었다.

채나는 이미 삼십 대 중반에 상원의원 겸 미국무부장관으로 활동했고 자신의 엄청난 재산과 명성을 기반으로 미연방 준비제도이사회 의장이 되어 미국을 비롯한 세계 각국의 정치, 경제, 스포츠에 직간접적으로 개입해 왔다.

이미 채나는 실질적인 지구의 독재자였다.

"왜, 걱정되세요? 제가 이 지구의 독재자가 될까 봐?!"

"아하하하하……."

지구의 독재자!

채나가 정치 평론가들이 비난하듯 붙여준 별명을 스스럼 없이 밝히자 기자들이 재미있다는 듯 웃어댔다.

"이번에도 결론부터 말하겠습니다. 제 팬들이 붙여주셨듯 저는 멀리 화성쯤에서 온 외계인입니다. 이 복잡하고 조그마한 지구에는 관심이 없습니다. 전혀!"

"하하하!"

채나가 오래전부터 인구에 회자되어 온 자신의 첫 번째 별명을 말하면서 자신의 명백한 소신을 밝혔다.

"하지만 지금 가네다 기자가 말한 대로 저는 유엔 군주라는 별명이 붙을 만큼 적극적으로 세계의 정치, 경제에 개입해 왔습니다. 그 점은 분명히 인정합니다. 그 첫 번째 목적이 세계 평화! 전쟁과 폭력이 없는 세계 평화를 위해서였습니다. 아무 죄 없는 수많은 어린아이와 힘없는 여성, 성실한 젊은이가 더 이상 죽어가지 않도록 최선을 다했습니다."

"……."

채나가 한 마디 한 마디 힘주어 말하자 기자들 모두가 인정한다는 듯 고개를 주억거렸다.

"어떤가요? 그나마 제가 세계 정치에 개입을 하는 통에 전쟁이 많이 줄어들지 않았나요?"

짝짝짝!

기자들이 일제히 일어서서 기립 박수를 쳤다.

나 때문에 세계가 평화가 유지된다면 죽을 때까지 독재자라는 비난을 듣겠다!

정치가 채나가 입버릇처럼 하는 말이었다.

기자들도 이 부분을 인정했기에 기립 박수를 보냈던 것이다.

"다음 질문해 주실까요?"

채나가 웃으면서 손을 들었다.

"중국 신화통신의 왕정국 기자입니다. 여기 프레지덴트 채나 킴의 재산 공개 내역을 보면 약 30조 달러로 나왔는데……."

"에헤헤헤! 뭐 공개 내역이 그렇다는 거지요. 솔직히 말씀드리면 쪼금, 아주 쪼금 더 있습니다."

채나가 기분이 좋아진 듯 특유의 맹한 웃음을 터뜨리며 대답했다.

"그렇습니까? 저는 너무 많은 것 같아서 드린 질문이었습니다!"

"어이쿠! 돌아가신 할아버지 말씀대로 이 급한 성질 때문에 항상 손해를 본답니다."

"하하하하핫!"

기자들의 웃음이 이어졌고.

"네! 여러분도 아시다시피 저는 십여 년 전만 해도 연예인으로 활동하면서 돈을 꽤 많이 벌었습니다. 뭐 지금도 세계 각처에 투자한 회사들과 음반이나 음원 등의 수입으로 많이 벌고 있죠. 다시 한 번 말씀드리지만 저는 제 재산의 90% 이상을 사회에 환원할 것입니다."

채나가 지금까지와는 달리 눈까지 빛내며 목청을 높였다.

"지금도 세계 각국에서 저를 열성적으로 지지해 주는 팬들, 그분들께 돌려드릴 것이고, 특히 저를 나아주고 길러준 미국에! 그리고 제가 가수로서 활동을 시작할 때부터 지금까지 맹목적인 사랑과 무조건적인 지지를 보내주신 대한민국에 돌려드릴 것입니다."

삑삑삑! 끼약!

미국 기자들과 한국 기자들이 휘파람까지 불며 환호성을

토했다.

　현재 채나의 재산은 언젠가 입에 담았던 대로 1경 달러에 육박하고 있었다.

　"10%를 남기는 것은 아무래도 전직 미국 대통령으로서 품위를 유지하기 위해 쓸 돈입니다. 또 한국에 있는 뺀철이 같은 친구들을 쫓아가서 혼내주려면 돈이 좀 있어야 하구요. 심병철 이시키! 이 방송 보고 있냐?"

　"끄끄끄꾹꾹⋯⋯."

　기자들이 배꼽을 쥐었다.

　"방금 당선자께서 말씀하셨다시피 미국 대통령으로 당선되시기까지 세계 각국의 이름 모를 팬들의 도움부터 미국 내 수많은 지지자의 도움이 있었을 것입니다. 그중 꼭 한 분을 꼽아달라면 어떤 분을 꼽으시겠습니까?"

　"뉴스위크의 챈들러 기자! 정말 좋은 질문하셨어요. 이따가 조용히 저한테 오세요. 제가 오랫동안 보관하고 있는 아주 좋은 술이 한 병 있습니다. 그거 드릴게요!"

　"와아아아아! 잭팟이다―"

　"우우우우!"

　챈들러 기자가 환호성을 터뜨렸고 다른 기자들이 야유를 터뜨렸다.

　"챈들러 기자의 질문에 저는 일 초도 망설이지 않고 말씀드리겠습니다. 우리 신랑! 제 사랑하는 남편! 코흘리개 시절부터 지금까지 제 옆에서 아버지처럼 오빠처럼 보살펴 주고 사랑해 준 우리 남편 닥터 케인입니다."

채나가 기자실 저편에서 미소를 지으며 조용히 서 있는 케인을 보며 씩씩하게 외쳤다.

"이십대 때 저는 한국에서… 제 남편은 미국에서… 흑!"

채나가 고개를 돌리며 눈물을 흘리자 로버트 대변인이 얼른 손수건을 건네줬다.

"죄송합니다. 저는 그때 얘기만 나오면 자꾸 눈물이 나와요."

채나가 손수건으로 눈물을 닦았다.

울보 채나의 쇼가 아니었다.

채나는 누구에게도 말하지 않았지만 짱 할아버지가 돌아가시면서 케인과의 결혼식이 연기됐을 때 무척이나 가슴이 아팠다.

두 사람 모두 지독하게 바쁜 탓에 약식으로 결혼식을 올린 것에 아직도 속이 좋지 않았고.

"저 미국 대통령이 됐답니다. 안아주세요, 여보!"

채나가 울먹이며 양손을 크게 벌린 채 케인 쪽으로 달려갔다.

케인이 채나를 힘차게 안았다.

그리고 깊게 키스를 했다.

카메라 플래시가 한여름의 소나기처럼 쏟아졌다.

"우리 마마는 왜 파파만 보면 저렇게 바보가 될까? 창피하게……."

"그것도 몰라, 바보야? 엄마가 아빠를 엄청 사랑하는 거야!"

기자실 구석에서 채나를 빼닮은 열 살쯤 된 여자애와 케인과 판박이인 십대 초반의 남자애가 투덜대며 대화를 나눴다.

탕!

바로 그때였다.

백악관 어디선가 총소리가 들렸다.

…….

갑자기 기자회견장이 얼어붙었다.

절대 들리지 않아야 할 소리가 들렸기 때문이다.

이곳은 세계에서 가장 경비가 삼엄한 미국 대통령 집무실이 있는 백악관이었다.

총소리가 날 이유가 없었다. 뭔가 심각한 일이 터진 것이다.

미국 대통령 당선자 경호실장이 권총을 뽑아 든 채 기자회견장으로 뛰어들어왔다.

바로 모영각 중사였다.

모 중사가 재빨리 채나에게 다가가 귓속말을 했다.

채나가 고개를 주억거렸다.

"이게 무슨 일인지 모르겠네요. 취임 첫날부터 우울한 뉴스 하나를 전하겠습니다."

채나가 연단에 서서 심각한 표정으로 입을 열었다.

"방금 제 대통령 당선을 축하해 주기 위해 백악관으로 들어오던 전 대통령이신 미스터 갱리치가 제로라는 경호원과 실랑이 끝에 권총 오발 사고로 사망했다는 소식입니다."

"……!"

채나가 지금 한 말은 기자들에게 한 말이 아니었다.

자신과 케인에게 하는 말이었다.

제로라는 경호원.

제로는 사람 이름이 될 수도 있지만 숫자 0을 가리키는 말이 될 수도 있다.

0은 아무것도 없는 끝을 가리키는 숫자다.

'재미과학자 김철수 박사 일가족 피살 사건'에 가담했던 모든 사람이 갱리치 전 미국 대통령을 끝으로 깨끗이 처리됐다.

채나가 미국 대통령이 되기로 결심한 첫 번째 목적은 백악관 기밀문서 창고에 보관된 미국 대통령만이 열람할 수 있는 비밀 파일을 보기 위해서였다.

'재미과학자 김철수 박사 일가족 피살 사건'을 확실하게 마무리 짓기 위해서.

방금 막 그 사건의 종료를 알리는 총소리가 울려 퍼졌다.

『그레이트 원』완결

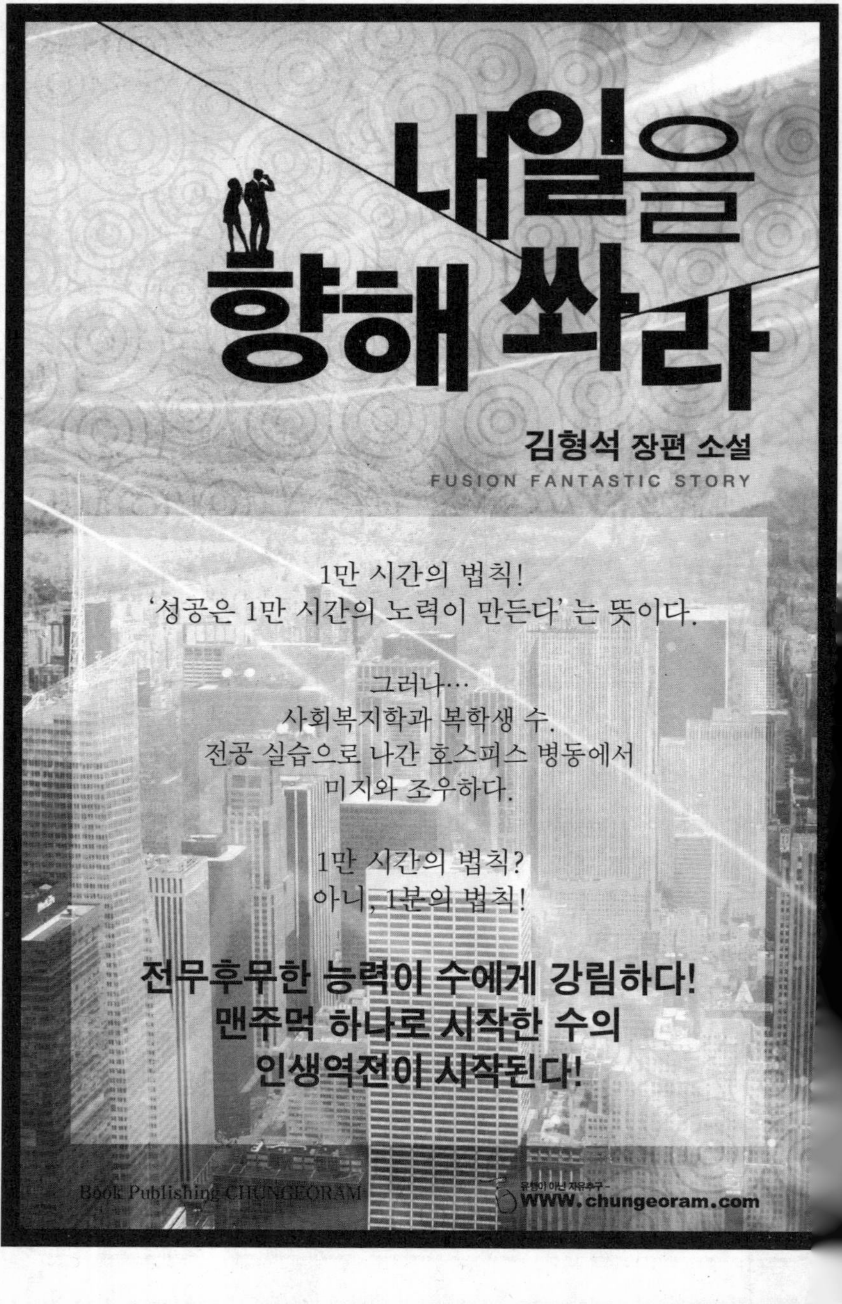
내일을 향해 쏴라
김형석 장편 소설
FUSION FANTASTIC STORY
1만 시간의 법칙!
'성공은 1만 시간의 노력이 만든다' 는 뜻이다.
그러나…
사회복지학과 복학생 수.
전공 실습으로 나간 호스피스 병동에서
미지와 조우하다.
1만 시간의 법칙?
아니, 1분의 법칙!
전무후무한 능력이 수에게 강림하다!
맨주먹 하나로 시작한 수의
인생역전이 시작된다!
Book Publishing CHUNGEORAM
WWW.chungeoram.com

데일리 히어로

FUSION FANTASTIC STORY

인기영 장편 소설

지금까지 이런 영웅은 없었다!

『데일리 히어로』

꿈과 이상을 가진 평.범.한. 고딩 유지웅.
하지만……
현실은 '빵 셔틀' 일 뿐.

그러던 어느 날, 유지웅의 앞에 나타난 고양이.
그(?)로 인해 모든 것이 바뀌었다.

선행. 선행. 그리고 또 선행.

데일리 히어로 유지웅의 선행 쌓기 프로젝트!

Book Publishing CHUNGEORAM

즐거운
인생

미더라 장편 소설

FUSION FANTASTIC STORY

A Bittersweet Life

삶의 의욕을 모두 잃은 주혁.
어느 날 녹이 슨 금속 상자를 얻는데……

"분명 어제도 3월 6일이었는데?"

동전을 넣고 당기면 나온 숫자만큼 하루가 반복된다!

포기했던 배우의 꿈을 향해 다시금 시작된 발돋움.
눈앞에 펼쳐진 새로운 미래.

과연 그는 목표를 이루고
인생을 바꿀 수 있을 것인가!

Book Publishing CHUNGEORAM

유행이 아닌 자유추구-
WWW.chungeoram.com

이모탈 퓨전 판타지 소설
FUSION FANTASTIC STORY

워리어
Warrior

최강의 병기 메카닉 솔져,
판타지 세계로 떨어지다!

서기 2051년.
세계 최초의 메카닉 솔져 이산은
새로운 세계에 발을 딛게 된다.

"나는… 변한 건가?"

차가운 기계에서 따뜻한 피가 흐르는 인간으로!
카이론의 이름으로 새롭게 시작하는
진정한 전사의 일대기!

용마검전
FANTASY FRONTIER SPIRIT
김재한 판타지 장편 소설

「폭염의 용제」, 「성운을 먹는 자」의 작가 김재한!
또다시 새로운 신화를 완성하다!

『용마검전』

사악한 용마족의 왕 아테인을 쓰러뜨리고
용마전쟁을 끝낸 용사 아젤!

그러나 그 대가로 받은 것은 죽음에 이르는 저주.
아젤은 저주를 풀기 위해 기나긴 잠에 빠져든다.

그로부터 220년 후……

긴 잠에서 깨어난 아젤이 본 것은
인간과 용마족이 더불어 살아가는 새로운 세상이었다.

Book Publishing CHUNGEORAM